蝴蝶 Seba

蝴蝶

Seba

蝴蝶

Seba

蝴蝶

Seba

蝴蝶館 33

我是夜叉不是恐龍

蝴蝶Seba◎著

elegantbooks

城市大了，什麼怪事都有。

只有我知道，聊齋的「夜叉國」並不只是傳說而已。

根據聊齋第四卷，夜叉國，曾經提到一個徐姓商人遇船難，漂流到夜叉國的故事。徐商不但娶了夜叉女，還生下二子一女。這三個孩子分別叫做彪、豹和夜兒。

徐商後來遇海船搭救，帶著徐彪回中原了（當然沒跟他的夜叉老婆說，落跑的），後來徐彪長大了，當了大官，偶然得到兄弟的消息，痛哭著一意要回去接弟妹和母親。很幸運的，在海運那麼不發達的時代，他找到了弟妹和母親，一家團圓，並且屢建戰功，全家都榮華富貴，可喜可賀。

真的……可喜可賀嗎……？

「夜兒以異種無與為婚。會標下袁奪備失偶，強妻之。夜兒開百石弓，百余步射小鳥，無虛落。袁每征輒與妻俱，歷任同知將軍，奇勛半出於閨門。」

這段文字寫在一幅畫得很逼真的古舊畫軸，一代代的母傳女，神祕的流傳下來。我不姓徐，但是我也不姓袁。這是母系的獨有祕密，不是父系社會的男性能夠知道的。

時代已經過了幾千年，但是夜叉的血統卻頑固而堅強的，影響著夜兒的每代女孩。

那位曾曾曾……曾不知道哪兒去的曾祖母，用她頑強的血緣宣告她曾經存在過的事實。

我們只知道她叫做徐夜兒，是第一代的夜叉半妖。累代與人類通婚，而我們這群女孩兒……卻依舊承襲了她的部分容顏身形，和讓人驚駭的怪力。

……城市大了，什麼怪事都有。

只有我知道，聊齋不只是聊齋而已……

1

她姓葉，葉夜兒。

為什麼叫夜兒呢？她媽媽對外的解釋都說因為她晚上出生的，所以叫夜兒。

事實上……有個自外外外外……不知道外到哪兒去的外曾祖母，流傳下來一個神祕的傳說，她們這些女人，都是夜叉半妖夜兒的後代。

關於這個神祕的傳說，夜兒的媽可是非常驕傲的，總認為自己來自一個高貴神祕的身世，所以也就很驕傲的將自己唯一的女兒取了個祖先的名字。

但是現在的夜兒，卻不認為自己有什麼好驕傲的。就在五分鐘前，她被甩了……

雖然說，當你第一眼看到夜兒的時候，恐怕會在腦海裡直接反射出「恐龍」

這種遠古的爬蟲類動物，並且會斷言她絕對屬於肉食性的凶暴生物，大約霸王龍可以比擬吧。

她擁有一張威猛的臉孔，濃密而烏黑的眉毛不怒自張，一雙眼睛倒是很大，卻有些浮腫又單眼皮，配上豐厚的鼻翼和厚厚的唇……若是長在男孩子臉上，說不定還可以說他是個猛將。

很不幸，她是女的。

說到她的身材……簡直是路上那些苗條少女的兩倍。時下哪個女孩不是四十起跳的體重？她硬是多出一倍。配合一七〇的身高，又擁有寬闊的肩膀，若她是男生，說不定人家會說「君子不重則不威」，或者會有女孩傾心她那過人的文筆、溫柔體貼的個性，或者是充滿安全感的寬闊胸膛……

更不幸的是，她是女的。

更更不幸的，她只有外表像暴龍，內心卻柔弱善良得像隻小白兔。所以她被甩的經驗非常少……也就那麼一次。

因為她只交過這個男朋友。

作為一個身世神祕的半妖後代，她很早就知道自己的外貌已經算是全額交割股，沒有上市的希望了，所以，她也一直都非常安分，追求愛情是每個少女都有的權利……卻不是夜兒的。

活了二十年，她連正眼看男孩子都沒有過。雖然她是這樣善良羞怯的女孩，卻擁有跟她祖先一樣高貴不可屈服的戰士意志。自從她明白「龍騎士」是什麼，「恐龍」是什麼，還有聽懂了各式各樣的嘲笑以後，她就決心當個有自尊的恐龍……

不對不對，是有自尊的女人。

不過她的決心再堅強，總也有不小心掉進漩渦的時候……誰讓求偶是生物的本能呢？

於是，在二十一歲那年，她在網路上認識了一個電腦工程師。花了一年的時間聊天，工程師被她優美燦爛的文筆和豐富風趣的談吐迷了個頭昏腦脹，又花了半年的時間講電話，工程師被她甜美溫柔的聲音迷得意亂情迷……

當然啦，成熟穩重、人生經歷豐富（比起夜兒來說）的工程師，自然使盡方法、絞盡腦汁，就是想拐夜兒出來見面（真的只有見面嗎……）。

不管夜兒怎麼跟他解釋，自己真的是隻恐龍，甚至咬牙把自己的照片寄給他看，都不能動搖工程師想要賭大寶的決心（別開玩笑了，拿醜女照片就想讓我知難而退？越抗拒就越有可能是美女）！

總之呢，夜兒把自己的容貌說得越慘烈，工程師大哥就對她越仰慕……甚至還說出這種不知道哪兒抄來的深情對白：「每個人都會老，百年之後，怎樣的美貌不會消逝？我愛的是妳的才華和心靈，外表根本就不算什麼……」

聰明冷靜的夜兒，就這樣一腳踏入了愛情的陷阱，答應了他的見面。

當然，工程師先生沒有奪門而逃（真跑了怎麼在網站立足？他們這種電腦人知道的也只有網路社會的人際關係），只是臉孔抽搐了幾下。

（老天～原來妳這麼誠實……為什麼妳是誠實的？為什麼～為什麼第一次親

密接觸的情節不發生在我身上？為什麼？為什麼人家遇到的是大美女，我遇到的是大恐龍？為什麼～）

基於某種虛榮心或者是不吃白不吃的心態，這位工程師先生還是硬著頭皮，跟夜兒變成了男女朋友。

當然，工程師先生的內心掙扎，夜兒是不清楚的（從頭到尾她都低著頭），她一直以為自己終於找到了愛的歸宿，對這位總是工作很忙的「男朋友」溫柔體貼到了極點，甚至畢了業，推掉好幾家大出版社的邀約，執意到脂艷容當個小到不能再小的助理企劃，就為了脂艷容的公司離工程師的公司近一點。

雖然工程師總是「很忙」（忙著跟別的女人約會，但是夜兒不知道），一個月也見不到一次面（見面的時候都是叫夜兒去幫他打掃無處下腳的狗窩），但她還是傻傻的認為，她在戀愛中。

直到今天，她才清醒過來。

＊　＊　＊

為什麼沒下雨？

夜兒望著咖啡廳的窗外，陽光該死的耀眼，路上行人的臉上都掛著微笑，世界如此歡欣……

除了她以外。

失戀不都該下起雨來嗎？天地為之同悲……那大概是美女才享有的特權吧？

她眼神空洞的看著對面滿滿的咖啡杯，五分鐘前，她的「男朋友」局促的坐在那裡，告訴她，「我想結婚了。」

夜兒還傻傻的心裡一跳，紅著臉低下頭。「……可是可是……你還沒見過我媽媽，我也還沒見過伯父、伯母……」她的愛情，就要開花結果了？

工程師慌張了，他吞吞吐吐的說不出話來，訥訥的將一張喜帖放在夜兒的面前，「……是我要結婚了。」

她呆了好一會兒，瞪著喜氣洋洋的喜帖，像是瞪著炸彈一樣，就算打開來，看見男朋友的名字和陌生女子的名字並排在一起，她也理解不過來，直到看到喜帖附的婚卡……

這才懂了。

兩個人……是笑得多麼燦爛啊！他身邊的女孩……是多麼纖瘦、多麼美麗。

她幾乎沒聽到工程師急促的解釋，「……因為我爸媽很喜歡她，所以……我也是逼不得已的……」

夜兒靜默了很久，久到讓人心驚。她依舊低著頭，「……所以，你還是比較喜歡漂亮苗條的人吧……」

「欸，不要把我想得那麼淺薄！」工程師心虛的嚷著，「根本不是外貌的關係，是因為我爸媽他們……」

夜兒一直靜靜的聽他說，但是說真的，她完全沒聽懂工程師說什麼。只知道他的嘴一直一張一闔的，有點好笑，但卻是心酸的好笑。

「……我明白了。」即使是這樣的時刻，她還是溫柔的。

如果她潑婦似的罵街，或者是衝上來搧他兩個巴掌，或者工程師可以理直氣壯一點……但是她一直這樣溫柔，這樣諒解，反而讓他有些羞愧。

「我們還是好朋友。」他收拾了喜帖和婚卡，倉促的丟了這句話，然後落荒而逃。

等他走了，夜兒又呆坐了好久，這才慢吞吞的站起來。

就在她準備推開玻璃門的時候……服務生追了上來，「欸，小姐，你們還沒結帳～」

……連帳都沒結清？連分手的咖啡都要她請嗎？

她笑了起來，卻又跟著哭了。她一面掏錢，一面哇哇大哭。

這一天，對她來說是個很重要的轉捩點。這時候的她，還不知道。

＊　＊　＊

她牽過擺在咖啡廳前面的腳踏車，一步一哭的騎回員工宿舍。

夜兒任職的脂艷容廠區很氣派……跟其他同樣位於工業區的廠家一樣氣派。這樣氣派的廠商們卻座落在都城最偏遠、鳥不拉屎雞不生蛋，連公車都不靠岸的南方工業區內。

因為公車都不靠岸，更不用提捷運了。最近的公車站——搭計程車二十分鐘可達，運氣好的話，半個小時有一班，只要轉三班車就可以到火車站了。捷運呢……大約搭半個小時的計程車就有了……只要你不怕換線走到斷腿。

所以工業區眾多員工只能咒罵著選擇開車上班（台北縣市多難停車你知道嗎?!）或咒罵著花兩個小時通車（是誰選這個遠在天邊的工業區的啊？省租金也不是這麼省的！），更或者，乾脆把車費省下來，在附近租個房子住。

夜兒選了最後者。

比起其他同在工業區的廠商，脂艷容算是相當有良心的了。他們租下了附近的老舊公寓，便宜租給自己員工。雖然說工業區到員工宿舍步行也可以走死人，但是比起其他人淒慘的遭遇，算是相當幸福的了。

最少，騎機車五分鐘就可以回家，就算騎腳踏車，也不過十五分鐘。夜兒就是天天騎著腳踏車上下班的，剛剛的分手約會就是在工業區外的小咖啡廳。

茫然的從小咖啡廳騎回家，經過附近的停車場，微風帶來細細的談話聲。她的聽力比一般人都好，畢竟是半妖的後代。平常她會自動過濾不需要的資訊，但是一個熟悉的聲音卻引起了她的注意……

那是她的男朋友……更正，前任男朋友。

「……恭喜啊，終於甩了那隻恐龍……」

「我叫她往東，她不敢往西啦！」工程師很得意洋洋，「嘿，她還是個處女勒。關上燈其實還滿……」

一陣曖昧的轟笑讓夜兒的臉變得慘白。

「這麼恐龍你也啃得下去喔～」他的同事諷刺著，「沒看過當龍騎士還這麼爽的……」

「我這是做好事你懂不懂？」工程師的聲音很犧牲奉獻，「我若不騎了她，恐怕她這輩子都沒機會被騎了……我不入地獄，誰入地獄啊？再說，對這種醜女也溫柔體貼，女生會覺得你真是個溫柔的人唷～」

「哇靠，你還想得真遠！原來你是這樣追到小鳳的啊～」

夜兒全身簌簌發抖，幾乎連踩踏板的力氣都沒有。但是她的眼淚不知道什麼時候乾涸了。

原來……原來是這樣的。

她用力嚥下口水，命令沉重如鉛的雙腿快快運作，她想要離開這個地方，離開那些骯髒的人。

容貌是父母生成的，半點不由人……我也不願意，我也千百個不願意啊!!

她將悲憤全化成力量，將腳踏車騎得幾乎解體，一路超過了好幾輛疾馳的摩托車。路人目瞪口呆的望著時速超過七十公里的腳踏車，猛揉眼，沒想到青天白日下，居然就見鬼了……

顧不得路人的驚駭，她用最快的速度騎回宿舍，宛如一陣風般衝進自己的房間，這才放聲大哭起來，哭著哭著，看到放在桌子上的小鏡子，忿忿的一把抓來摔在地上，每個碎片像是嘲笑似的映出她很抱歉的容顏。

我……我……我也希望是個美女啊！嗚……

記不得從什麼時候開始，她就知道自己長得不好看。

好幾次哭著從小學回家，因為別人叫她醜八怪。

「媽媽……妳為什麼不把我生得漂亮一點……」她對著媽媽痛哭流涕。

她那宛如鐵塔的媽媽將工程帽推了推，亮出缽大的拳頭，「誰?!是誰?!是誰敢說我的夜兒不漂亮?!」這聲暴吼像是平天打了個響雷，左鄰右舍的小孩子都嚇得哭了起來。

……媽媽，又不是大聲點，別人就會指鹿為馬的……

「妳看看，我們夜兒長得多好！這麼可愛的小孩哪裡找？」很年輕就喪夫的葉媽媽完全沒有寡婦的喪氣，這樣的生氣蓬勃……什麼叫做胳臂上可以跑馬，看葉媽媽就知道了。

自從瘦小的葉爸爸因為車禍喪生之後，葉媽媽不但獨力撫養夜兒，甚至接下葉爸爸生前的工頭職位，到處包工程。說到葉太太，業界內真是無人不知無人不曉。

「大家都說我是大肥豬、醜八怪啦！」夜兒還是滿臉眼淚鼻涕的。

「那都是胡說。」揮了揮額上的汗，葉媽媽很神氣的將腰一扠，「我可是出名的美女呢！我生的小孩怎麼會醜？」她轉頭跟她的工人們問，「喂，你們說是不是啊？」

「對啊對啊！」、「大姐是大美人，小夜當然是小美人囉∼」、「小鬼不懂美醜啦，真沒眼光……」這些老粗叔叔們倒是很配合的安慰小夜兒。

（不知道是不是怕挨葉媽媽的揍……）

「叔叔，老師說，不可以說謊，說謊鼻子會變長喔……」小夜兒抽泣著說。

結果這班叔叔還真的都摸了摸自己的鼻子。

等她再長大一點，她就明白了。不管媽媽的聲音再大、再凶狠，再怎麼一遍遍的加強她的自信心……她這輩子都跟美女這兩個字搭不上邊。

本來她死心了、認命了。也接受了這種完全不公平的命運……但是現在，但是現在……

她實在好不甘心，好不甘心哪！

不知道哭了多久，她睡著了。等夜幕低垂，肚子餓得咕咕叫，她才醒了過來。

原來再怎麼傷心，還是會肚子餓啊……

她頹著肩膀坐了一會兒，無精打采的將地上的鏡子碎片掃乾淨，後悔不已。摔東西出氣真是勞民傷財……智者不取啊！

正在想要吃什麼的時候，粗魯的敲門聲響了起來，她連問都懶得問。會這樣攻擊她的門的，只有一個人……

「袁守軍，我的門沒惹你。」她打開門，省得花錢修理。她這位兄弟已經弄壞她三次門了，舍監氣黑了臉，警告她再弄壞就要自己賠了。

警告我有用嗎？該被警告的是袁守軍吧？

「餓死了……妳吃了沒？沒約會啊？我想也是。妳家那一個怎麼都不約妳出去？我們一起去吃飯好了，真要命，假日居然待在家裡睡午覺，我的青春哪～夜兒夜兒我跟妳說，我又被甩了……妳知道資材的美美吧？她居然發好人證給我，還是霹靂無敵好人破天令！我的天……妳們女孩子怎麼這麼難搞，讓我追到一個成不成……」

袁守軍一面連珠砲似的抱怨著，一面伸手開她的冰箱，叫了起來，「冰開水？冰開水！妳的冰箱居然沒有其他飲料，只有冰開水！」

夜兒連掩飾浮腫的眼皮都懶得掩飾，反正他不會發現。

「我不吃甜食。」她無精打采的回答，「……守軍，你要不要考慮降低一下標準？」立志要追美女……志向是很大，但是也不容易達成吧……

「不吃甜食？」守軍嗤之以鼻，「減肥喔？不欠那幾卡路里啦。妳沒聽說羅馬不是一天造成的嗎？」

這句話像是一根刺般的扎在她心裡……真的好痛。

他是無心的無心的……夜兒在心裡不斷的念著。守軍說話向來是無心的。

「……只是不愛吃。」

「知道啦知道啦，」守軍不耐煩的揮揮手，「走啦，我找到一家很好吃的排骨飯喔！我們去吃吧！」

說到吃飯，守軍一向興致勃勃。說到羅馬不是一天造成的，他宛如懷胎三月的肚子也不是一天造成的。當然，這些感想夜兒只是心裡想想，不會說出來傷害守軍的感情的。

「還有，別叫我降低標準，我只喜歡美女。」臨出門前，守軍慎重其事的說了這句。

夜兒點點頭，「……喜愛美好的事物是人的天性。」雖然這樣說的時候，她的心裡感到一陣陣的疼痛。

守軍卻完全沒有發現她心情低落，大力的拍她的背，「我就知道兄弟是了解我的。今天我請客！走！夜兒，妳說說看，為什麼美美不喜歡我？為什麼妳們女孩子這麼難捉摸？不喜歡我幹嘛讓我管接管送，又收我的花？幹嘛對我那樣笑啊？妳也是女的嘛，妳幫我分析看看……」

這讓夜兒很尷尬，「……我也不知道。」

「妳是不是女人啊？」守軍不滿意了，「妳不知道那誰知道？天啊～怎麼大學不教女人心理？像我這麼好的人……（以下刪除五千字自吹自擂）為什麼追不到美女？為什麼?!」

聽著他的絮絮嘮叨，夜兒也覺得頭痛，平心而論，守軍是個不錯的人。富正義感又有同情心，在同事間人緣也不錯，總是笑口常開。論工作表現，也算力爭上游了，最少是研發部的將才，五年內應該可以升到主管職……

不過那也是五年後的事情了。

「……因為太嘮叨？」夜兒謹慎的想要找到一個不傷他感情，又可以點出重點的缺陷。

「我這叫健談！什麼嘮叨……」守軍很抱怨，「妳啊，妳好歹也多說幾句話。難道要跟妳這樣三拳打不出一個屁才叫做穩重？妳很穩重了啦，體重比別人重，哈哈哈～」

夜兒臉色變了變，卻忍耐下來。守軍是無心的……他從來都是無心的。

其實，她這樣沉默畏羞的人會跟守軍熟起來……她自己也想不通。本來研發部和企劃部八竿子打不著，他們住在公司宿舍，也是上下樓，不太會碰到。仔細想想，大約是吃飯的時候總是會遇上，後來守軍厚著臉皮承認，他的確是看夜兒去哪家餐廳，他就去哪家吃。

「因為妳選的餐廳都很好吃啊！」他倒也頗理直氣壯。

聊到美食，兩個人都很熱中，後來發現夜兒願意傾聽，他就開始對著夜兒傾訴每一次的失戀。當然也有人傳說他們在一起，守軍總是很理直氣壯的說，「我只喜歡美女好不好？別破壞我的行情。我和夜兒只是哥兒們！人家夜兒也有男朋友了……」

夜兒只是沉默的搖頭。

是他黏上來的，又不是我硬要交這個朋友……你們不要亂講那種造成別人尷尬的八卦。

坦白說，守軍嘴太快，而她又太心細……讓她選擇的話，她是不會想交這個朋友的。

但是守軍真的是個好人。讓他歸類成朋友，就很願意兩肋插刀，就是嘴巴快些，聒噪了點而已。

排骨飯上來了，守軍風捲殘雲似的把自己的份吃光光，一面拚命抱怨歷來的失敗紀錄，夜兒心不在焉的聽著，一面把飯吃完，至於美味的排骨，她都習慣留到最後吃。

但是守軍卻把她的排骨一筷子夾走了。

「守軍……」夜兒皺緊眉。或許該告訴他，美女不喜歡你……大約是美女們都不太愛鮪魚肚。

「欸，我這是為妳好。」守軍慌張的把排骨一把塞進嘴裡，含含糊糊的說，「妳已經夠肥了，再吃這塊排骨會更肥……不可以不知節制。等等把椅子坐垮怎麼辦？我幫妳吃掉，我不入地獄，誰入地獄啊！」

今天一整天，夜兒大概把一生的忍耐存量都用光了。她鐵青著臉，霍然的站起來。她想說話，但是嘴唇卻抖得說不出半個字。

她錯了，恐龍連朋友都沒有的！

「……你為什麼不先摸摸自己的肚子？你為什麼不先去照照鏡子？你憑什麼說我？」向來沉默畏羞的夜兒爆炸了，「我只吃三餐，不吃宵夜不吃點心，更不吃甜食。你呢？你的嘴巴有停下來過嗎？是誰不知節制？到底是誰啊！」

她氣得全身發抖，憤然跑出自助餐店，又怒氣沖沖的跑回來，掏出鈔票買了單，恨恨的瞪了守軍一眼，這才轉身離開。

守軍張著嘴，好一會兒才清醒過來，追了出去，「欸！欸欸欸！夜兒，別這樣啦～我們不是好哥兒們？開開玩笑，妳幹嘛發這麼大脾氣？」

「我高攀不起你這朋友！」夜兒拋下這句話，颼的一聲，跑得無影無蹤。

2

專家學者都嚴重的告訴我們：只有懶女人，沒有醜女人。

但是專家學者都住在象牙塔太久了，好像從來沒有估算過成為一個「美女」需要花費多少的經費和精力。

當夜兒下定決心要成為美女時，才發現要當美女不難，困難的是經費和精力。

身為國產化妝品第一品牌的脂艷容員工，她比任何人都清楚化妝品的價格……你要知道，這還只是國產化妝品。若是其他國外知名的高貴化妝品……想要買滿一套，大約就要去了她全部的薪水。不要忘了，化妝品也是得換季的，所以你想一套用完一年……想太多。

效果呢？

關於這點，她曾經戰戰兢兢的問過研發部的同事。結果研發部的人全部安靜了五秒鐘，然後乾笑的回答她，「有效果，當然有效果！只要妳相信，就絕對會有效果的～」然後全體落荒而逃。

你們怎麼不說，「信我者得永生」？連化妝品都不用買，加持就夠了……

再說，怎麼出神入化的化妝術還是有極限的。公司專屬的化妝師努力了兩個小時以後，不得不宣告放棄，給了她一個心碎卻又誠實的答案，「夜兒，我看妳還是整容比較快吧……」然後沉痛的給了她一張整形外科醫生的名片，化妝師還因此沮喪了好幾天。

等夜兒去掛了號，搞清楚需要整哪些地方，她比化妝師沮喪的時間還長，整整沮喪了一個禮拜。

老天……就算賣身也賺不到這個天文數字吧？她有這筆錢，幹嘛不自己買個小套房？真的要把這筆錢整在巴掌大的臉皮上？

但是想到前男友的嘲諷，想到守軍的譏笑……她握緊拳。

怕什麼？錢再賺就有了。既然她不擅長賺錢，那努力存錢總可以吧？反正她可以先減肥，省下的伙食費剛好可以存起來整容，不是一舉兩得？

這麼一想，她心情好多了。

一聽說夜兒決心減肥，整個企劃部的女孩子都來了精神。原本她的人緣不怎麼樣，但是一有這個共同的目標，所有的女同事都把她看成自己人，非常熱情的給她意見。

「夜兒，妳終於想通了！」她的小組長珮芸開心得很，拿過紙筆，非常嚴肅的望著她，「夜兒，妳要知道，身為二十一世紀的女人，是非減肥不可的！這是全世界的革命行動，妳不能不參與啊～」

……有這麼嚴重嗎？

珮芸喝了口水，繼續慷慨激昂，「既然當了這個時代的女人，妳就要放棄豐衣足食的希望了，覺悟吧！」

「……為什麼？」夜兒半張著嘴，啊……為什麼女人非吃不飽穿不暖不可？

「穿少一點身體才會想要產生熱量，消耗卡路里啊。」

……所以她們都穿得這麼少，不光是為了美觀，還為了要挨凍好消耗卡路里？

「也不要指望可以吃飽，開玩笑，減肥是終生的事業，妳看看我！我可是三年沒碰到一口澱粉……要不然妳以為四十五公斤容易保持嗎？」

……不能吃澱粉?!也就是說，她從來不吃米麵類的主食嗎？她是怎麼活過來的？

「拜託，妳還可以吃肉吃魚……」另一個女同事驕傲的挺胸，「我這幾年都光吃高麗菜而已欸，而且是水煮高麗菜喔！」

……她是兔子嗎？就算是兔子也吃胡蘿蔔，不會只吃高麗菜吧？

「哼，妳們算什麼？」企劃部之花撥了撥如雲的秀髮，「我現在只喝檸檬水和辣椒粉，斷食快十天了。」

……難怪她這個禮拜昏倒三次了……

珮芸不耐煩的揮手趕人，「妳們別拿這些激烈的方法嚇夜兒啦。這些方法不正常，別理她們這些神經病……妳們哪個可以堅持下去的？還不都在偷吃？」她很專業的推推眼鏡，「夜兒，我們先來調整妳的飲食習慣。首先，妳要戒除吃宵夜和點心的習慣……」

「……除了三餐，我不吃其他的食物。」夜兒覺得有些窘。

呃？珮芸瞪大了眼睛，仔細想想，對唷，跟她同事快一年，從來沒見過她吃零食……「咳，那很好……但是飲料的含糖量也不可小覷喔！妳不能夠喝含糖飲料……」

夜兒覺得更窘了，「我、我討厭甜食……所以從來不喝有糖的飲料。」

所有女人的目光都集中在她身上，有人已經流露出豔羨的表情了。不吃宵夜不吃點心，討厭甜食！

「妳只吃三餐？」靜了半晌，跟她一起吃過飯的同事叫了起來，「妳連自助餐都吃不完～」

她尷尬了，「……是不是有點浪費糧食？」

安靜了一會兒，女人們炸了起來，「靠～我要是跟妳一樣，早就是苗條俏佳人了～」、「為什麼我戒不掉巧克力啊～」、「妳怎麼忍心放棄那麼好吃的奶油蛋糕？妳真的是女人嗎？」

會診了半天，這群精於減肥的女人都束手無策。說到飲食習慣，夜兒恐怕比她們正常百倍。要說運動量，她每天勤勞的騎腳踏車上下班，假日還騎腳踏車外出踏青，每天早睡早起，不熬夜，十點一到就上床睡覺，規律到不能再規律。

既不抽菸，也不喝酒，不吃辣，不碰任何刺激性的食物。

這種時代，要找到這樣健康生活的女人真的很難了。

減肥專家們聚在一起愁眉苦臉的交頭接耳了一會兒，「……夜兒，妳使用過類固醇嗎？」

我又不是運動選手，幹嘛使用禁藥？「……沒有。我很少生病，也不吃什麼藥的。」

「那妳的父母？體型怎樣？」

「呃……我爸爸很瘦小，」夜兒硬著頭皮回答，「但是我像媽媽。我媽媽很高，也很……很壯。」

嗡嗡的同情聲響了起來，珮芸像是宣布絕症一樣，沉痛的搖搖頭，「夜兒，妳遭遇的情形是最慘的……比使用類固醇還慘。妳這是遺傳的緣故！」

像是被判了死刑，她慌張起來，「那……那怎麼辦？」天啊，難道她永遠都得被嘲笑嗎？

「世界上沒有不可能的事情！」珮芸握緊拳頭，氣勢萬鈞的喊，「人定勝天，努力就會有報償！減肥沒什麼，少吃多運動而已！既然體質是這樣的，妳就要花更多的心力去克服！多運動吧，美好的明天正在等妳，妳看那夕陽……那正是妳該去的方向！」

被她說得熱血沸騰，夜兒熱淚盈眶的握住她的手，「組長……我會努力的！」

「夜兒，這是我的食譜。」同樣被感動得眼眶泛紅的同事遞過一張影印，

「光吃水煮白肉就行了，加油！」

在同事的加油打氣中，夜兒的減肥大計開始了……

＊　＊　＊

光吃肉對夜兒來說並不難，她原本每餐都需要吃點葷食，只是其他的食物不吃而已。就算餐餐白水煮肉，她也能夠甘之若飴，這點沒問題。

但是……多運動？怎樣的運動才算「多」呢？

嚴肅的思考之後，她決定，每天上班的十五分鐘腳踏車，延長成一個小時，下班也比照辦理。回家以後，她還做上一個小時的仰臥起坐……

這樣的運動量算是「多」吧？

要成為美女，每天要浪費的時間真是多啊……懷著這樣的感慨，體力過人的她，開始嚴肅的執行了。

畢竟她在公司中是那樣的不起眼，自然也不會有人發現她這樣超人般的運動量。只有試圖和她和好的守軍半喘著追過她的腳踏車。

「喂～喂！夜兒！」守軍獨自吃了幾天飯，越來越食不知味，決定先放下身段，「早、早安……」

正繞著園區騎腳踏車的夜兒停了下來，轉頭看了看上氣不接下氣的守軍，「……早。」然後飛快的把腳踏車騎走。

就這樣？就這樣?!守軍瞪大眼睛，看著揚長而去的夜兒。

靠，我刻意來跟妳和好，妳就這樣走了？「跩什麼跩啊！醜就算了，個性還這麼差～」他咆哮了起來，卻不但不覺得解氣了，反而有些沮喪。

但他不知道已經騎很遠的夜兒聽到了他的聲音，反而把腳踏車踩得更快更急。就算是會累死，她也絕對不讓任何人再嘲笑她了！

只是夜兒不曉得，她這樣上下午騎著腳踏車在園區裡繞，已經讓警衛有些精神衰弱了。

園區守衛目瞪口呆的望著又從他面前經過的夜兒，魂不守舍的問著正在低頭看報紙的同事，「……我們園區……應該很大吧？」

「兩甲地，你說大不大？」同事沒好氣的回答。

「那、那個，騎著腳踏車有辦法十五分鐘繞完嗎？」他顫著手指問。

「騎機車吧？騎腳踏車怎麼可能？你腦筋有問題喔？」他的同事翻過一張報紙，不太耐煩的回答。

園區守衛不再說話，瞪大眼睛看著夜兒表情嚴肅的超過三部機車。

她她她……她騎的是腳踏車啊！

不可能，一定是我看錯了！她應該只在附近繞一繞而已，所以才會這麼快從他面前經過……

他決心自己去找出答案，騎著摩托車跟著夜兒的腳踏車出發……

回來以後，他馬上跑去收驚。那個女人……一定不是人！「園區要拜拜啦！」他哭著跟警衛主任說，「太可怕了，有、有有有……有妖怪啦～」

夜兒不知道她將守衛嚇個半死，但是她天天騎著腳踏車在園區裡繞，她也很肯定，園區的確有許多從「外地」來的「移民」。

這個嶄新的工業園區位居都城邊陲，雖然屬於都城的轄區，距離市中心真是遠在天邊。而且規劃得宛如迷宮，許多初次來洽公的陌生訪客常常在烈日或寒雨中淚流滿面的尋找目的地。

努力騎了幾天，她就默默的幫腳踏車裝上後座。她甚至開始懷疑，是不是有人迷路在這個廣大的工業園區裡，飢渴數日後，化為一堆白骨，默默的葬身在大樓的陰影處……

這種不祥的想像讓她常常在路上撿到迷路的訪客，默默的將他們送到目的地。倒不是她好心，實在她怕這些人真的迷路餓死在園區，將來就這樣「住」下來……

她膽子不大的。

撿多了，有時候她也會無語望青天。當然，大部分她載的迷路者是「原住民」，但是偶爾她也會載到「移民」。

夜叉的血統傳到她這代，已經算是很稀薄了，但有種頑強的敏感，卻根深蒂固的藏在她的靈魂裡，甚至她的這種敏感比母親還強。一般來說，屬於妖的「移民」都帶著或深或淺的腥味，移民的時日越長，味道就越淡。當然也有屬於仙或神的「移民」，他們幾乎都帶著極淡的花香或檀香。

但是載到神仙屬的「移民」她也不會多高興。若是連天界都混不下去，得到人間討生活……這神仙也不見得會是啥善類了……

所以，當她載著移民的時候，比載原住民緊張多了。

就像現在她載著的這位西裝筆挺、高大英俊的紳士。據他自己講，因為公司剛搬到園區，所以他停好車，就在廣大的園區迷了路，找不到自己公司了。

……我沒有種族歧視。夜兒在心裡默默的說。雖然她比較希望園區組織個

「救難隊」之類的組織，專門營救落難迷路的旅客……不過救難隊還沒出現之前，她還是很認命的作義工。

雖然她手上捏著一把汗……好吧，她身後這位紳士應該是神仙屬的「移民」，但是瘟神也是神，你說是吧？

她其實是滿害怕的。

等將他載到目的地，夜兒真的只想趕緊回公司。她運動的時間快結束了，也該上班了。

「等等……」那位年輕紳士叫住她，語氣稍顯遲疑，卻有著更多的期待，「……妳……謝謝妳。小姐，妳應該是混血吧……」

夜兒手心沁出更多汗，戒備的看著他，「……這都城是有管理者的。你你你……你別輕舉妄動。」

「果然！妳也知道管理者！」紳士露出歡欣的笑容，熱情的往她靠近，嚇得夜兒險些拋棄腳踏車逃跑。「……妳別害怕呀。我只是沒想到……會遇到同類！

我是大神重的後代，妳是？」

隔斷天地的大神重？夜兒雖然仍然戒備，提著的心倒是放下了些。到底也是有頭有臉的天神，子孫再不肖也有限吧？

「……我是夜叉半妖徐夜兒的後代。」她怯怯的回答，「我也叫夜兒。」

「我真是太高興了！」紳士掏出名片，「我好些年沒看到神族的後代了！有機會一起吃個飯吧？真是……好巧啊。這個都城什麼移民都有，就是混血少……」

「……夜叉是神族？」夜兒愣愣的接過名片。她一直以為她是妖怪的後代呢！

「妳不知道？」紳士笑得很開懷，「夜叉族是因為遭罪才被放逐到人間，被罰『如獸居、如獸行、茹毛飲血』，刑罰早滿了，全族回天界了。夜兒，妳是神族的後代呢。」

這位宅心仁厚的紳士卻沒有說出所有的實情。其實夜叉族雖然勉強稱為神族，卻是眾神族的奴僕。獨在人間為異類，連神仙之屬都不屑往來，能夠遇到身世相近的夜兒，他實在太高興了。再說，他同時也是二十一世紀的人類，對於那種社會階層也頗反感。

沒錯，這位小姐果然是夜叉的後代。博學多聞的他滿意的點點頭。沒想到這麼長遠的傳承，這位小姐還保留了若干夜叉的神靈和神力，以及部分外貌，真是難能可貴。「妳一開始就認出我的身分？」

夜兒遲疑了一會兒，「……你不但身有檀香，而且天眼微開。」

太令人驚奇啦！這可能是他這些年來遇到能力最高的半神人呢！「真沒想到妳居然……」

夜兒卻局促起來，「呃……」她低頭看著名片，「崇遠志先生。我該上班了……」她含含糊糊的道別，說真話，她實在不願意跟「移民」或「移民後代」有太多的接觸，她是人。

本來已經騎走了，但是她還是忍不住的騎回去。「……崇先生。」

看她離開有些失望的紳士笑咧了嘴，「怎麼了？夜兒小姐？」

他真是個客氣的……移民後代。「……崇先生，天眼微開，可以讓你賺到很多錢。」資訊就是力量，預卜先知當然可以賺大錢，「努力賺錢就好了，別把這能力拿去別的壞地方……」她苦惱自己幹嘛多事，「……都城的管理者很厲害的，你不要……千萬不要觸怒她。不要隨便使用你的能力。」

吞吞吐吐的把話說完，她逃命似的把車騎走了。

崇遠志呆呆的看著她的背影，突然有種說不出的滋味，在心裡面流轉著。

＊　＊　＊

夜兒很快的將崇遠志拋到九霄雲外，也完全不知道他是近年崛起的金控集團的大老闆。

她的生活很單純，願望也很低微。她希望的不是愛情也不是長期飯票，只需要不受嘲笑的基礎尊嚴而已。這份決心，在給她食譜的女同事因為尿酸太高，不得不放棄這種不太健康的減肥方法後，她依舊堅持下去。

一個月後……

相對於因為肉食減肥法生了場大病，減得面黃肌瘦的女同事，她顯得精神奕奕，雙目炯炯有神。肉食和超時運動在她身上開花結果了……

持續的仰臥起坐讓她練出了八塊漂亮的腹肌（每天一小時，腹肌跟著妳），雙臂和兩腿都鍛鍊出起伏有致的肌肉線條，搭配威猛的相貌，看起來像是隨時可以上陣殺敵似的。

面對這樣的結果，全企劃部的減肥專家都欲哭無淚。珮芸不甘心的吼著，「妳到底有沒有偷吃其他的東西？」

「沒有。」夜兒憤慨的抬頭，「組長，妳知道我的個性的！」

沒錯……她過度認真的個性是不會做出這種事情的……

珮芸真是氣死了，「妳到底有沒有瘦下來？」

夜兒也很想哭，「…………」不但沒有瘦，她倒頭胖了兩公斤。

「……我是叫妳減肥，不是讓妳練成健美小姐的！」珮芸絕望的大叫。

其他環繞在旁的同事都說不出話來了。別說健美小姐，就算要當健美先生恐怕也……

「或許變性比較快？」一個女同事小心翼翼的提出看起來比較明智的決定，「比起整型和減肥，其實花的錢反而比較少……」

夜兒哇的一聲哭出來，「我……我是女生，我要當可愛的女生啊～」

……沒有哪個可愛的女生會有八塊腹肌的……同事們如喪考妣的跟著她默哀。

「我不相信！」珮芸握緊拳，「沒有那種瘦不下去的事情！人定勝天，妳看到夕陽沒有？我們要像夕陽一樣燃燒我們所有的鬥志和卡路里！」

「組長……」夜兒感動的抱著珮芸哭起來了，「謝謝妳沒有放棄我……」

「沒錯！這是二十一世紀女人的偉大事業，不能輕易被打敗了！」

「減肥的方法多的很，大不了去衣索比亞住上一年！」

（謎之音：只是……小姐們，妳們不早就過著衣索比亞的難民生涯？搞不好他們吃得比妳們飽……）

痛定思定後，減肥專家們緊急會商，最後凝重的開出一張嚴苛的減肥菜單。「這是最後的殺手鐧了。既然吃肉讓妳不減反增，那就把肉扔了！」

接過菜單一看，夜兒臉色一白。

倒不是嫌份量少……而是整份菜單沒有半絲葷，除了牛奶外，幾乎沒有任何動物性產品。

她突然湧起一份強烈的排斥感，自己也覺得莫名其妙。「……一點點肉都不能吃？雞蛋呢？」

「妳吃豆腐代替雞蛋，而且，妳可以喝牛奶……當然是脫脂牛奶。」珮芸非常堅定，「這份菜單很豪華了。當二十一世紀的女人，直到更年期前都不要有能吃飽的打算。」

「……我媽都快六十了，還在節食呢。」

「我阿媽都八十了，還不是在減肥？」

…………………

夜兒突然有點發昏，看起來未來五十年，她恐怕都要餓著肚子過下半輩子了……

更糟糕的是，她想到不能吃肉，突然有種說不出的噁心感。

3

這個減肥菜單讓夜兒吃了很大的苦頭。

坦白說，珮芸學過一些粗淺的營養學，所謂久病成良醫，減肥有啥？她都屢戰屢敗的減了三百多回合了，自然成了專家。這份素食減肥菜單不但將熱量控制在一千四百卡路里，堪堪維持一個人的基本所需，份量也不至於慘無人道，營養也還算得上均衡。

但這些都不是重點。重點是……夜兒就是無法克制自己想要吃肉的欲望。

但是為了不再被人嘲笑，她真的是咬緊牙關捱了過去，但是要同時維持那種高運動量，實在是太吃力了。

第一天，她餓得肚子咕咕叫的上床睡覺。翻來覆去到大半夜才睡去，精神非常的慘澹，自然無精打采。

第二天好不到哪去，尤其是看到滿紙的青菜蘿蔔就全身無力，但她還是勉強自己將這些菜葉子吞下去。

就這樣……她堅持了一個禮拜……臉色卻越來越難看，工作效率也一落千丈。主管當然不會關心妳減肥是否減得四肢無力的。

他們企劃部的主任是出了名的色胚，在他手底下當部屬是很可憐的。長得略好些，身材窈窕點的，總是會讓他涎著臉吃豆腐，那些千篇一律的黃色笑話也令人難以消受；但是長得平凡些、胖一點點的，卻過著萬劫不復的生活。

他就是標準的醜女生當男生用，男生當畜生用的無良主管。夜兒在他手底下已經夠慘的了，主任幾乎都把最麻煩的案子丟給她，做得好，就直接搶了過去，掛他喜歡的美女同事名字，功勞都是別人的；做不好，那真的是罪該萬死，什麼難聽話都出籠了。

「做這什麼東西?!」主任直接把檔案夾丟到夜兒的臉上，「像妳這種貨色，街上隨便抓就一大把，不想做就別來上班了！這幾年都做到狗身上去了？妳看看妳，妳看看妳！給我結什麼屎面？媽的，瞧妳這份案子寫什麼？妳回去重念幼稚園好了……」

主任滔滔不絕的罵著，夜兒只知道他在罵人，卻不知道他在罵些什麼。瞪著他不斷指過來的食指，她只想到……

我、我好想吃肉啊……

烤雞、排骨、肯德基……一直在她眼前不斷旋轉跳舞。她好想吃，好想吃啊～

肉體上的飢餓還不算什麼，這種心靈上的飢餓才是折磨人。雖然用鋼鐵般的意志熬了過去，但是……她開始懷疑，這樣的折磨是為了什麼？

不就為了能夠不受嘲笑嗎？

但是要減到什麼程度才可以不受嘲笑呢？

自從減肥以後，她跟其他女孩子的感情明顯好了許多。或許是有了共同的話題吧？中午她總是跟著大家一起吃飯。這幾個都在減肥中的女孩，總是滿臉悲壯的把自己帶來的「便當」擺在一起吃。

說是便當，也幾乎是苜蓿芽、豆芽和小麥草汁。最最豪華也只是生菜沙拉而已。應該令人雀躍的中飯時間，氣氛低沉得像是葬禮一樣。

不過一大群女孩子一面吃飯一面談心事，倒是滿不錯的經驗。但是她們企劃部最瘦的女孩子居然乾扁的捧著一盒生菜沙拉加入她們，倒是很令人瞠目結舌的。

「……麗婷，妳幹嘛？要減肥？」幾乎所有的女孩子都叫了起來。

這位麗婷小姐身高一六〇，體重四十八，可以說是時下最流行、最標準的身材了。連她都要減肥，其他女人怎麼活啊？

只見麗婷苦著臉，一面食不知味的啃著菜葉，「……昨天我男朋友捏著我的肚子，說我胖到肚子捏得起來了。」

整個企劃部的女人一起炸了起來，紛紛破口大罵，非常憤慨。但是她們還是一口口的把苜蓿芽吞到肚子裡去，甚至還不敢把午飯吃完。

夜兒什麼話也沒講，只是默默的啃著青菜。

連這樣都被嫌棄……到底男人心裡是怎麼想的？為了忘記對肉的欲望，她開始仔細的觀察，細心的聽。

根據她良好的耳力聽壁角的結果，她發現，男人會拿女朋友的身材相貌出來互相誇耀，就跟他們誇耀收入、汽車、房子或者是支持的球隊是一樣的。誰的女朋友越瘦、越漂亮，就越容易贏得其他男人的豔羨。

對這些男人來說，女朋友心腸好不好、有沒有才華，倒不是最重要的事情。重要的是，讓纖瘦的美女心甘情願的跟在他的身邊，帶出去的時候才不會沒有面子。

條件越好的男人，這種傾向越嚴重。當然他們都說自己不是以貌取人的那種膚淺鬼，但是事實上……幾乎每一個都是。

喜愛美好事物是每個人的天性……但是為什麼男人就不受這種限制呢？

夜兒覺得很困惑。這些所謂條件好的男人，也不見他們纖瘦到四十八公斤，好吧……這是女性的標準。但是也不見得個個一八〇，貌似潘安啊。

其貌不揚的男人最喜歡說，「男子以才為貌」。那麼女人為什麼就必須「以貌為才」呢？

她突然覺得社會標準是件很難懂的事情。

八十四到四十八公斤……是多麼遙遠的距離啊。她突然感到未來充滿了黯淡和恐怖。真不敢相信，身為女人，似乎永遠脫離不了被殘害的命運。中古世紀的法國女人崇尚細腰，勒到不能生育；古代的女人尚纏足，全數殘廢了上千年；到了現代……

情形一點也沒有好轉。現在減肥成了全球運動，不再侷限於某些區域。這些可憐的女人拜天涯若比鄰的發達，無一例外的掉入餓肚子的厄運。

若是女人把花在減肥、美容的精力都拿來研究發展社經，恐怕人類文明早就一日千里，移民到冥王星了……唔，當然也得男人先放棄對於戰爭的興趣。

戰爭和美容，真是人類文明的兩大重要阻礙啊！

她真的不懂這種詭異的文明阻礙。

不懂歸不懂，她還是努力的減掉了十公斤的體重。生命是很奇妙的，自然會尋找出路。雖然她想吃肉的欲望從來沒有衰退過，反而有越來越激烈的趨勢，不過，她已經可以在這種絕對營養不良的情形之下，正常的工作和從事超時運動。

站在體重計上面……她當然很欣慰。只是「想吃肉」這種欲望，讓她的喉嚨越來越乾渴，她常常瞪著路上行走的貓或狗，有種撲食的衝動。

想像溫熱的血液順著喉嚨流入，甜美的肉食在撕裂下更有種醉心的軟韌和嚼勁……

不對不對。她拚命搖頭，減肥減瘋了嗎？她在想什麼？

然而，卻發生了一件令她非常不安的事情。

這天，她依舊在公司外面的小花園吃便當。很巧的是，今天企劃部的同事們剛好都有事，所以她是獨自一個的。食之無味的把整盒苜蓿芽吞下去，實在吞不下難喝的小麥草汁，她仰頭咕嚕嚕的灌水，想把口腔那股乾澀的味道沖掉。

「這樣吃下去……妳會死的。」身後響起非常好聽的聲音，卻把她嚇了一大跳，回頭一看……行銷部那位神祕的小美女正在對她微笑。

只是笑得很不懷好意。

夜兒狼狽的四下張望，只有她和小美女面面相覷。

這位叫做「黎月氛」的小美女，第一天到脂艷容就引起了很大的騷動，和夜兒幾乎是同時進公司的。她的美帶著神祕感和妖媚，幾乎所有看到她的男人都會立刻「煞」到。許多辦公室情侶因此而分手，已婚男人全忘了自己的婚戒……脂艷容女人們都咬牙切齒的罵她「狐狸精」。

只有夜兒默默的在心裡說，本來就是……狐屬的「移民」。大概是混血吧？所以這種天生的魅惑不會收藏……

不過夜兒一向跟這種美女沒有什麼交情，當然也就敬而遠之。我是人，用不著跟「移民」混太熟。這向來是夜兒的堅固信念。

突然被黎月氛叫住，夜兒有些尷尬，「……午安，黎小姐。」

「叫我月氛。」她頗親熱的挨著夜兒坐下，「聽我的勸，妳還是開始吃葷食吧。不然……後果可能很糟糕喔！」

跟「移民」……好吧，「移民後代」相處，夜兒向來都是非常緊張的，她只想快快逃離現場，「……午休時間快結束了。」

黎月氛卻抓住她的手腕，淡淡的狐味混著香水，居然非常好聞……令人有些頭暈目眩，「其實，死掉還不是最糟的結果。」她狹長的丹鳳眼閃了閃，「萬一夜叉的本能甦醒了……其實也不算糟。只不過人間就成了妳的獵食場了……」

「狐妖，妳想對夜兒小姐做什麼？」一陣金光微閃，準確的擊中月氛，逼得她鬆開手。十步外的崇遠志面凝寒霜，他疾步走過來，擋在夜兒前面，「夜兒小姐，妳沒事吧？」

夜兒更尷尬了，「呃……」她不想跟移民後代有啥瓜葛啦！不管是神是妖都

不要～～

「另一個半神人？」月氛凝神起來，冷哼一聲，「別以為我就會怕了你！」

趁他們對峙的時候，夜兒看了看錶，悄悄的逃走了。

這兩個嚴陣以待的「人」卻沒發現她溜掉了。

「狐妖，妳到底想做什麼？妳不會想觸怒管理者吧？」遠志瞪著她，眼神很是堅定。所有的「移民」和「移民後代」都被殷殷告誡過，這個都城在「管理者」的範圍內，是嚴禁鬥毆和損傷人命的。

縱使是流蕩人間的妖魔眾神諸仙，也非得買管理者的帳不可。在都城，她是唯一的仲裁和法律，就算四天界至尊和魔界大王，也得在都城服從她的規則。

「不需要你提醒。」月氛沒好氣，「怎麼？她是我的同事，我還不能夠跟她說話？倒是你，你算哪根蔥？」

「夜兒小姐也是我神族後代。」遠志很理直氣壯，「同族有難，我怎可坐視？」

月氛翻了翻白眼，「……神族就是這麼白痴，就算是半神人也一樣。」她媚眼一轉，噙著冷笑，「你念同族之誼，就忍見她墮魔道？她繼續吃素好了……哪天凶性大發，怕是這個工業區的所有生物也不夠她吃的。」

她嬌媚的轉身，「哼，好心還被雷親！神族就好了不起，都是對的？妖族就一定為惡了？你們這些人，腦筋都是裝水泥的……」

遠志呆了呆，掐指一算。不由得也擔心了起來。

＊　＊　＊

夜兒懷疑最近走了什麼楣運……為什麼總是跟些「移民後代」糾纏不清？她覺得很無力，轉頭看看，還抱著一絲希望，說不定他是來找別人的……

「夜兒小姐。」遠志對她迷人的笑笑，周圍三公尺內的女人都迷得頭昏腦脹，眼前這個男人真是充滿聖潔的溫柔氣味……

他、他他他……他怎麼登堂入室到人家的公司，還跑到企劃部？

「……崇先生，我在上班。」她手足無措。

「我知道。」遠志憐愛的看著她微紅的臉頰，覺得他這個同族真令人見憐（神族的眼光是有些怪異的……能力越高越容易被愛慕）「……我聽說，妳改素食？」

夜兒愣了一會兒，明白他是用自己的「特異功能」偷看了別的同事的心靈，雖然她不受影響，但還是有點兒不高興，「……崇先生，我跟你提過，不要隨便使用你的能力……」

「啊……以後我會注意的。」遠志的臉孔有些發燒，「但是妳不太適合素食。狐妖雖然居心叵測，但是她的顧慮是對的。」躊躇了一會兒，「這是我輩長老給我的護身符，可以壓抑妳的能力……最少不會讓妳……讓妳恢復夜叉的獵食本性。」

夜兒不知道怎麼拒絕，遲疑的接過了那個護身符。「……崇先生，我還要上班。謝謝你……」

「我知道的。」他溫暖的微笑，「如果有什麼事情……請來找我商量。這都城的半神人很少很少，相逢即是有緣。都是同族的，妳千萬不要客氣。」

……我是人，可不是你的同族呀……即使這麼想，夜兒還是很體貼的回答，「我明白了，謝謝崇先生這樣關心。」

等崇遠志走了，大夢初醒的眾家姊妹圍攏上來，七嘴八舌的打聽那位崇先生的底細。夜兒整個人都獃住了，這要怎麼介紹……？

「……只是遠親，其實我一點都不熟……」她可憐兮兮的藉口卻一點也沒被聽進去。

夜兒的人緣指數從平平立刻躍升到破錶。幾乎全脂艷容的女人都知道了，葉夜兒有個帥到會流湯、有錢到滿出來的遠親表哥（這些女人的情報力真是令人驚嘆……），這天下班，企劃部、行銷部和研發部的聯誼，就指名要夜兒一塊去。

「組長，」夜兒著慌了，「我不喜歡那種場合……我可不可以不去？」

「為什麼不去？」珮芸瞪起眼睛，「妳瘦了很多不是嗎？」她很滿意的對夜兒點頭，「瞧瞧，雙下巴不見了，漂亮許多哩。妳只欠一點點的化妝……」

「……連我們專屬的化妝師都建議我整容。」夜兒的臉上掛下了幾條黑線。

「化妝師？」珮芸嗤之以鼻，「他們除了會領薪水，會做啥？除了把人越化越醜外，還會做啥？叫他們毀容師還差不多。」她興致勃勃的拿出粉餅，「喂，上工啦！姐妹們，把妳們的壓箱絕活使出來吧！」

吆喝一聲，基於輸人不輸陣的決心，整個企劃部的女人全湧了過來，紛紛貢獻自己的化妝品和專長，不到一刻鐘，夜兒攬鏡自照……看到鬼也沒這麼可怕。

什麼叫判若兩人？這就是了——但她真是驚嘆企劃部眾家姊妹鬼斧神工的奧妙……

「哇～化腐朽為神奇啊……」有個不長眼的男同事說了這麼一句，馬上被十幾個粉拳打到變成遙遠地平線的一顆星星。

夜兒還是尷尬的笑笑，冷不防被珮芸拉下了長裙的拉鍊。她嚇得跳起來，

「組、組長……妳要幹嘛？」

「幫妳改頭換面啊。」她嘖嘖有聲，「穿啥長裙？人胖更需要把小腿露出來啦。拖拖拉拉的，看起來多沒精神。裙頭捲一吋起來，穿高點！」

不愧是經年累月的減肥專家啊……連穿衣服都有獨到的心得。原本夜兒自卑自己的身材，總是開著前襟不敢扣，看起來反而臃腫。珮芸要她把裡頭那件高領衫脫掉，只穿著針織外套，卻只扣中間的三個釦子。這麼一來，領口將夜兒豐滿的前胸露出一大片，下襬又小開一些，凸顯她皮膚白皙豐滿的優點。

露出小腿的膝下A字裙，搭配針織性感的小外套，原本平凡無奇的乏味打扮，居然只是改變一下穿著方式，立刻就顯得耀眼。

夜兒的嘴張成一個O型，佩服的五體投地，「組長，妳真是太厲害了～但是……好冷喔……」十一月天只穿著針織外套，還有大片的皮膚面積散熱……未免也太「涼快」了。

「當女人哪有怕冷的！」珮芸氣勢十足的喊，「二十一世紀的女人沒有在怕冰天雪地的啦！順便燃燒卡路里！這是女人的宿命啊～」

……二十一世紀的女人真不是容易當啊……

怕冷的夜兒瑟縮的跟著大隊氣勢豪壯的姐妹到聯誼的餐廳去。結果她呆了一下……居然是吃麻辣火鍋。

姊妹們紛紛傳著甲殼素，人人都吞了好幾顆。遞給夜兒，她搖了搖頭，「……我不吃肉的，不用了。」雖然一直暗暗的吞口水。

「要減肥明天再減啊！」

「欸，別害人家好不好？沒關係，也有青菜啊、豆腐啊……還是可以吃飽的。不過湯不要喝喔，那可是『肥料』……」

夜兒有些失神的看著大盤大盤的牛肉、羊肉、雞肉……好一會兒才回過神，「呃？喔喔喔，好，我知道了……」

這比一個人獨立窩在家裡吃草還難過……大盤大盤的肉食就在眼前，她卻碰也不能碰啊～

我要吃肉，我要吃肉啊～

她所有的注意力都讓幾大盤美味的肉食吸引了，完全沒有注意到守軍就坐在她身邊。當然也沒注意到守軍目瞪口呆的望了她許久許久。

這麼段時間沒見到她……她真的變美了！

淡淡的妝在她臉上，原本英氣的兩撇濃眉被收拾得服服貼貼，深色的唇膏讓她的唇顯得豐滿誘惑……更重要的是，相處這麼久，從來沒有注意到她居然這麼「有料」。

C？還是D？說不定是E喔……

守軍悄悄的吞了口口水。

他的另一邊坐著他追了很久的美女，但是這個晚上他都魂不守舍的偷看著同樣魂不守舍的夜兒。

這種魂不守舍的結果，就是讓他追求的美女跑了，但是守軍居然一點可惜的感覺也沒有。

呿，脾氣壞、腦袋又空空如雪洞。想到那個美女同事，守軍鄙夷的從鼻孔裡噴氣。再怎麼說，還是夜兒好相處……

他被自己的念頭弄得一呆，不知道為啥會這樣想。

這天晚上，他居然因此失眠了。

*　*　*

吃到一半，夜兒終於受不了，半途脫逃了。

再捱下去……她怕自己會伸手抓起生肉，血淋淋的吃了起來。

啊……肚子好餓啊……我想吃肉，我想吃肉啊～

走出餐廳，她茫茫的在路上走著，連人家抱著的小嬰兒，她都覺得好好吃，好好吃……

她伸手握住皮包上吊著的護身符，卻只覺得越來越煩躁。

「還是放棄素食吧！」甜美的嗓音在她身後響起，夜兒卻已經餓到快失去理智，沒有一點驚訝的表示。

越飢餓，她的感官就越靈敏。她早就察覺那個奇怪的狐狸美女跟在她身後了。

「別過來，」夜兒的聲音都有些變了，「再煩我就吃了妳！」

「何必如此衝動？」月氛笑瞇瞇的，「夜叉，妳的能力比我高強，幹嘛像沒用的人類這樣餓個半死？無非就是要變美……用不著冒著恢復獸性的危險，我，讓妳達成心願如何？」

夜兒打量著她，眼中充滿懷疑。

「當然，不能夠是免費的。」月氛露出詭麗的笑容，「只要妳答應我一個願望，除了妳……別人不行。」

……是說，她可以開始吃肉了？夜兒半昏沉的腦子像是抓到根救命的稻草，突然燃起希望。

只要可以吃肉又不變胖，她願意付出任何代價。

「我答應妳。」她虛弱的說。

萬歲～月氛在心裡歡呼了起來，終於讓夜叉答應跟她交換條件了。

她強自壓抑興奮，臉上還是淡淡的。「任何條件都可以？」

「只要是我能力所及……」夜兒昏昏的回答，突然警醒了，「我不做損傷人命的事情。」

月氛嗤之以鼻，「就算拜託妳做妳也做不來好不好？放心，不管是管理者的法律，還是人間的法律，都不會相違背的……」怕她改變主意，連忙說，「等我先幫妳變美了再說。先到我的住處吧！」

夜兒雖然覺得恐懼……但還是順從的跟著她。

這種心靈和肉體雙重飢餓的日子，她實在過不下去了！

懷著忐忑的心情，她到了月氛的住處。月氛不住在員工宿舍，反而住在附近的一個小別墅。想想看，雖然是雞不生蛋鳥不拉屎烏龜不靠岸的都城南方，好歹也是地價貴死人的都城內欸！她一個年輕女孩子居然住得起這麼一個小巧玲瓏頂天立地的透天厝……

「妳是不是以為，這棟房子是我靠美色騙來的？」月氛沒好氣，「這是我姑媽留給我的。不要什麼事情都往下流想！」

可憐夜兒餓得幾乎抓狂，怎麼有心思去想太多？「……我沒想到那兒去。我只想說妳是有錢人家的小姐而已。」她可憐兮兮的說。

月氛的氣稍平，她向來不喜歡帶人來家裡……就是厭惡別人那種有色眼光。看到夜兒那種天真帶著稀奇的眼光四下轉頭，像是小孩兒到了遊樂場，她忍不住發笑，居然有點喜歡這個貌不驚人的夜叉了。

「喜歡嗎？」看夜兒像是長了根，著迷的看著廣大的書牆，對她的好感又更深了些。

「……很喜歡，太喜歡了……」夜兒喃喃著，天，上哪兒找來這麼多關於神話與妖怪的書？還有幾本是線裝書……她著迷的瀏覽著，完全忘記肚子餓。

月氛引她到小客廳，意外的，原本以為會金碧輝煌、要不就夢幻浪漫好搭配美女氣質的小別墅，居然布置得雅緻而富書卷氣。幾乎觸目所見都是書，而且是看過、仔細整理的藏書。

這屋子充滿了淡淡的狐氣。狐氣混著書香……居然非常和諧。她對月氛這個半狐妖登時改觀不少。

喜歡看書的人不會是壞人。她突然放鬆了下來。

月氛倒了杯茶給她，笑瞇瞇的。「其實呢，人類的眼睛是很容易欺瞞的。何必花那麼多力氣減肥美容？只要一點點小小的幻術……就可以讓他們把妳看成大美女。這個幻術麼……當然是我們狐族的專長。」

啊？這不是很奇怪嗎？「……這是欺騙吧……？」

「不然呢？」月氛眨眨靈性的眼睛，「妳想繼續餓肚子？」

夜兒心有餘悸的拚命搖頭。

「那好。」月氛輕咳一聲，「放輕鬆，很快就好了……」她取出幾張黃紙，串在桃木劍上。登時黃紙在桃木劍上燃燒了起來，她將帶著火光的劍在夜兒身上比劃著，口裡念念有詞。

「疾！」她嬌叱，轟的一聲，夜兒坐著的沙發燒了起來。

夜兒嚇得一竄，連連尖叫，月氛也嚇呆了，清醒過來趕緊拿起花瓶的水潑熄了燃燒中的沙發。

「不可能……難道是我念錯符咒？」月氛很不甘心，取出一本泛黃的線裝書，仔細的默念了一會兒，「沒錯呀，再來……」

「等等，等等～」夜兒的慘叫還沒停止，只見火光一閃，幸好她運動神經極度發達，緊急跳了開來，但是身後的茶几馬上烈火熊熊。

「妳真的是要讓我變美嗎？」夜兒左竄右逃，「妳確定不是要謀殺我嗎?!啊啊啊～別又來了～」

結果小客廳差點燒了個精光，端賴前人留下的結界，只燒了所有的家具，結構體還安然無恙。

兩個女孩在焦黑的現場面面相覷，夜兒看到月氛又舉起桃木劍，慘叫起來，「我跟妳無冤無仇啊～」

「跑什麼跑？」月氛氣急敗壞的罵，「我是要讓妳變漂亮欸！」提著劍追著她滿屋子轉。

「在我變漂亮之前，我就被妳燒死了啦！」夜兒真是欲哭無淚，「妳到底用過這個幻術沒有？」

「沒有。」月氛很理直氣壯，「但是曾曾曾……曾祖母的書是不會騙我的。」

夜兒奔到書牆前，死死抵著不放，「快住手！不然連書都會燒光光……妳這是什麼三腳貓的法術？我不要當白老鼠啦～」

一把眼淚一把鼻涕的哀告，月氛才心不甘情不願的住手，「……奇怪，怎麼會沒效果呢？」

……因為妳的法術太太太差勁了啊……

「……妳真的是狐妖嗎？妳真的是嗎？」她從來沒見過法術這麼差勁的狐狸精啊～

「我當然是啦！」月氛垂下雙肩，「人家只是欠訓練……」

……等妳訓練有素，豈不是把都城燒個精光？所謂一將功成萬骨枯……「妳還是別訓練吧。」

「妳怎麼跟我媽說得一樣？」月氛很不服氣，「不學就不會，學了當然要練習啊。」

……令堂大人真是洞燭機先……

「我還是回去餓肚子吧。」夜兒無力的癱在書牆上。餓肚子起碼不會有生命危險，但是讓月氛繼續「練習」下去……她的生命很危險。「……我還是謝謝妳做的努力……」

她要失去這個好機會了嗎？月氛歔住了。好不容易找到一個笨笨的半神人……大部分的半神人都非常聰明，毫無弱點，就像那個該死的祟遠志。這隻半夜叉……若讓夜兒恢復了獵食本性，除了都城的管理者，誰也控制不了她吧？

那月氛多年來的夙願怎麼辦？她想回家鄉，她想回青丘之國啊。

「不行！」月氛叫了起來，倔強的她居然哭了，「變美就可以了吧？我讓妳變美，拜託妳讓我回青丘之國！妳不可以放棄，妳也絕對不能放棄我……」

青丘之國？「……那不是九尾狐的家鄉嗎？」夜兒瞪大眼睛。雖然她一向堅持自己人類的身分，但總是對神話有著高度興趣。「妳是九尾狐的後人？但是……半妖能夠回青丘嗎……？」

「本來是不能。」月氛有些氣餒，「但是！但是只要半神人幫我打開道路，我就可以回到青丘之國了！」她美麗的眼睛仍舊含淚，「我討厭人間！我不想再待在人間了……請妳為我打開道路吧……」

善良的夜兒是很想幫她這個忙……但是想到她三腳貓的法術實在膽寒。

「……妳該不會……該不會也是看妳曾曾曾……曾祖母的書吧？」

一看月氛遲疑的點頭，夜兒準備立刻奪門而逃，「……謝謝再連絡……」

「等等啦，等等啦！」月氛朝她後腰一抱，差點讓夜兒親吻了地球，「妳明明答應我的！只要我讓妳變美，妳就答應幫我的～」

我是答應了……夜兒欲哭無淚，「拜託妳要殺我就一刀痛快，我不要活活燒死……」

月氛好說歹說，才讓夜兒相信她不會再使用法術。

「既然妖怪的方法行不通，」月氛握緊拳頭，「那我們就用人間的方法吧！」

不知道為什麼，夜兒看到她堅毅的美麗面容，只覺得好害怕，卻一點信心也生不出來啊……

＊　＊　＊

第二天下班，月氛拖著夜兒開了很久的車（大半的時間都在塞車，妳要了解這個鳥不生蛋的工業區，塞車是絕對的常態），開到夜兒快要暈車了，才終於到了一家很適合拍鬼片的中醫診所。

看著快掉下來的招牌，和烏黑亮麗的掛號台，夜兒不太有信心的問，「這家診所真的行嗎……？」

「當然。」月氛神氣的一挺胸，「妳可別小看我，我是博學多聞的狐妖呢。這家可是許多討論區都極力推薦，連電視都來採訪過了！只要讓醫師扎一扎耳針，妳很快就會瘦下來了。完全不用放棄肉食喔！」

真的有這麼神奇嗎……夜兒忐忑不安的掛了號，進了診療室。老中醫倒是仙風道骨的，一部美髯雪白，只是有點重聽，夜兒快喊破喉嚨了，他才半明不白的點點頭。

「妳這個……這個症頭很嚴重啊……」老中醫把完脈，有些漏風的說，「交給我吧……」

他示意夜兒躺到病床上，然後拿出一根很長很長的銀針……原來就怕痛的夜兒嚇得臉色發白。真的要把那根尺許長的針扎在耳朵上？她想逃跑，卻被孔武有力的助手按住……

一聲聲慘絕人寰的慘叫從診療室傳出來，外面正在翻報紙的月氛心不在焉的安慰了一下，「就當作是看牙醫好了，痛一下下就過去了。」

「好痛啊～不是只要扎耳朵就好了嗎？為什麼……哎啊～你扎我的胳肢窩幹嘛？好痛、好痛啊～救命啊～」

聽起來像是很痛的樣子……月氛進去看了看，「……那當作生孩子好了。痛一下就過去了。」

「我沒生過該死的孩子啊！」夜兒吼了起來，「天啊，為什麼連我的鼻子也要扎？嗚……又痠又痛……」

等她滿臉眼淚鼻涕的從病床上爬起來的時候，覺得自己像個針插……她發誓，寧可餓死，也絕對不再來了。

月氛看著她，噗嗤笑了出來，「剛剛妳好像刺蝟喔。」

夜兒哀怨的看了一眼這隻可惡的半狐妖，「我不要再來了啦！」

「怎麼可以？」月氛很有決心，「醫生說，以後要天天來，大約半個月就有成效了……」

夜兒馬上奪門而逃。

但是她還是不敵月氛的堅強意志，每天都哀怨萬分的讓她架到診所當針插。甚至自任營養師，拖著夜兒到她家吃飯，醫生開出來宛如天書的各種食物相刑相剋表，難得月氛竟然搞得清楚。

只可惜……月氛的手藝實在是……跟她的法術有得拚。唯一值得安慰的是，她可以吃肉了，雖然每天只能吃那薄薄不超過五釐米見方的白煮肉，夜兒已經感動到要痛哭流涕了。

看中醫的這段時間，月氛不讓夜兒量體重。她堅持要等療程結束才可以驗收成果。

辛苦終於要揭曉了……兩個人緊張萬分的盯著體重計……

七十七公斤。

心情立刻跌到谷底，原本已經掉到七十五公斤了，現在卻倒頭胖了兩公斤！

「妳偷吃東西！」月氛氣急敗壞的嚷，她的減肥菜單完美無缺，已經把熱量壓低到一千兩百卡了……就算針灸無效，也不可能胖得了！

「我沒有！」夜兒憤慨的抬頭，「我才不是那種沒有決心的人！」

瞪了她一會兒，月氛氣餒了，「……妳這是什麼身體？什麼身體！這樣還胖得起來？妳一定沒有做運動！」

沒有？沒有?!夜兒真的想哭了，她每天花三個小時運動……妳沒看到我這樣有稜有角的肌肉嗎？

聽了夜兒的運動量，又看了看她可以選健美小姐的肌肉，月氛也沉默不語了。

「……我還是恢復素食吧……」雖然傷心，但是往好處想，她就不用幫月氛打開那個毫無保障的門。要知道……扎得像刺蝟不會死人，但是月氛的法術絕對會死人的。

「讓我再試試看。」月氛振作精神，「我還是有辦法的……讓我再試一次！」

夜兒恐懼的看著她，現在她明白了……為什麼世人都害怕妖怪。現在她也好害怕，非常害怕啊～

＊　＊　＊

「這家妳知道吧？」月氛洋洋得意的說，「這家可有名了，只要吃藥就成了，用不著節食喔！」

這次她們開了更久的車，不但塞車塞到暈車，連排隊掛號都掛了快三個鐘頭，才得到醫生的五秒鐘。

醫生頭也不抬，刷刷刷的寫處方，隨口問了幾個問題，手下倒是沒停過的。夜兒還沒回答完，醫生開了金口，「下一位。」

她滿腹狐疑的去拿藥，拿到的時候，倒抽了一口冷氣……

那包藥比家庭號的仙貝還大包。琳瑯滿目的各色藥丸，一餐要吃的量，在手掌上堆出一座驚人的小山……

醫生是不是故意開這麼多藥的？吃完這些藥，誰還有辦法吃飯啊？

「這是餐前吃的。」月氛很專業的閱讀了使用說明，「另外這些是餐後吃的。」

夜兒慘白了臉孔。餐後的比餐前的小山還高……

一個禮拜的藥，花掉了夜兒三千塊大洋。有沒有效果呢？

有的。一個禮拜她就瘦了兩公斤，而且這是正常飲食的結果。但是附帶的後遺症也相同驚人。

她再也沒有辦法一夜睡到天亮了……因為每隔兩個小時她就得跳下床去上廁所。這種情形在白天變本加厲，她懷疑減掉的體重搞不好是脫水的結果……

此外，她還揮汗如雨，心跳奔騰宛如自強號。偷偷量了一下，每分鐘正好一百四十下，大約是正常人的兩倍吧？

能夠正常吃飯應該很開心吧？才不哩！

餐前吃的藥讓她倒盡胃口，等能吃飯的時候只覺得每口食物都有藥味。吃過飯還要再吃藥，等打嗝時，那濃重的苦味真是讓她覺得人生無趣。

吃了一個月，將體重降破七十大關，第一次瘦到六十九公斤。這位減肥名醫附帶給她的禮物是……

向來健康的夜兒因為黃疸住院，她的肝差點報銷。

默默躺在醫院裡，夜兒無語問蒼天。月氛默默的陪著她，滿懷歉疚的。

「……夜兒，妳看起來像十八銅人。」

因為黃疸全身黃澄澄的夜兒沒好氣的瞪她一眼。這隻死狐狸連安慰人都不會。「妳要不要說我是打造金身的菩薩？」

「妳看過菩薩有這麼發達的肌肉嗎？」月氛很直的指出不合理處。

夜兒氣得肝都痛了。

她是在公司倒下的，同事們七手八腳的將她抬來最近的醫院，月氛自告奮勇的留下來照顧她，看起來……讓月氛照顧真是天大的錯誤。

「妳不要生我的氣麼……」月氛魅惑的小臉可憐兮兮的，「我也不知道那個醫生的藥這麼猛……我也不知道妳這樣的纖弱。那麼多女人都吃他的藥，也沒聽說過吃死人……」

要不要讓大象吃這些藥看看？保證不到一個禮拜，連大象都嗚呼哀哉。撐得到一個月，夜兒覺得自己已經是超人了。

但是看她滿臉愧疚，夜兒也不忍了，「……我沒怪妳。說不定我只是操勞過度，不是藥的關係……」

話還沒說完，病房的門猛然的打開，夜兒的媽像是一陣龍捲風般颳進來。饒是月氛身手敏捷，不然讓這房門刮中，不死也半條命。

「夜兒！我的小夜兒啊……」高大魁梧的夜兒媽一把抱住夜兒，眼淚開始嘩啦啦的掉，「怎麼了？哎呀，妳怎麼瘦成這樣？叫妳回家妳也不回來！可憐……一定在外面吃得很差吧？媽媽煮紅燒蹄膀給妳吃……」

媽媽？月氛有些膽寒的站遠了點。不說她還不知道，以為是夜兒的爸爸呢……她不禁有些同情，遺傳這玩意兒真是蠻橫不講道理，半點不由人啊……

夜兒倒是笑得有點僵，到底是誰通知她媽媽的？「沒、沒啦，我最近操勞過度……休養一陣子就好了，不是什麼大病啦……」

夜兒媽端詳夜兒好一會兒，狐疑的問，「傻女兒，妳該不會是在減肥吧？」

呃？娘怎麼會看出來的？她遲疑了好一會兒，從小到大從來沒對媽媽撒過謊……她硬著頭皮，很輕很輕的點了點頭。

「妳在搞什麼?!」夜兒媽的怒吼弄得整個醫院都為之震動，護士慌張的跑進來，「請保持安靜……」看著宛如鐵塔、怒氣暴燃的夜兒媽，護士小姐的聲音越來越小，越來越小……「沒、沒事……我幫妳們把房門關起來……」

夜兒媽像是要殺人似的瞪著床上局促不安的夜兒，越想越心痛，「妳居然減肥減到把身體搞壞了!!妳不知道身體髮膚受之父母不敢損傷孝之始也?!讓妳念那麼多書是念到哪去了?!瞧瞧妳！本來圓呼呼的那麼可愛，現在瘦得跟瘦皮猴一樣……妳怎麼對得起我？吭？妳怎麼對得起我呀～」

一直沉默的夜兒終於爆炸了，「我只是不想被嘲笑而已！媽媽，妳又不知道我在外面被人家怎麼譏笑的……」

「誰？是誰敢嘲笑我可愛的夜兒?!」夜兒媽握起缽大的拳頭，在旁邊的月氛要極力壓抑才能避免奪門而出的衝動。

幸好夜兒的脾氣不像她娘……

「又不是、又不是媽媽大聲點別人就會停止嘲笑我。」夜兒哭了起來，「我只是希望像普通女人那樣，不要被指指點點，老是被說是恐龍啊！我不是恐龍我不是恐龍……我只是個長得比較沒那麼好看的女人啊……我只是不想被人家用鄙夷的眼光看，我只是希望這樣而已……」

「妳長得跟我一模一樣！」夜兒媽叫了起來，「難道妳也要說我是恐龍嗎？」

夜兒哭了好一會兒，蒙著臉，眼淚從指縫點點滴滴的落在床單上。「……沒有一個兒女，沒有任何兒女覺得媽媽醜的！但是……但是別人的眼光是不一樣的啊……」

夜兒媽瞪著自己女兒，原本高揚的氣勢卻衰頹了下來。她像是老了很多歲，疲憊的抹抹臉，「是嗎……？原來妳是這樣想的……」

「大姊？」一起在工地做事的王叔叔滿頭是汗的進了病房，「哎哎，大姊，妳跑那麼快，我又不知道病房號碼……小夜，好些了沒有？幹嘛都在哭？身體不舒服嗎？」

王叔叔有些緊張的趨前摸了摸夜兒的額頭，「沒發燒……如果不舒服，叫護士小姐來好嗎？」

「老王，走了。」夜兒媽將安全帽戴低一點，「我們還有活要幹呢！那種糟蹋自己身體的孩子，不是我的女兒。」

「欸?!」王叔叔滿頭問號，看看哭泣的夜兒，又看看大踏步走出去的夜兒媽，「哎哎，妳媽媽這麼辛苦，別讓她生氣了……把身體養好，知道嗎……大姊，等等我呀！妳不會開車，準備去哪？大姊……」

他氣喘吁吁的追了出去，發現這個被工人們戲稱為「鐵娘子」的堅強寡婦居然站在醫院外面流淚。

他的心狠狠地揪了一下。脫下工程帽拿著，手也不知道該擺哪。哎，他出門怎麼不帶個手帕呢？摸來摸去，就只有腰上那條擦汗的毛巾，雖說還沒用過，但是……

「大姊……」他頗窘的遞過毛巾，「將就一下……」

夜兒媽吸了吸鼻子，「老王，讓你看笑話了……」她嗚咽了會兒，「等我回去賠你條新的。」她把臉埋在毛巾裡，嗚嗚的哭了起來。

「大姊，什麼話……一條毛巾而已，真是……」他慌張得要命，小心的輕扶著夜兒媽的後背，「來，我們回去吧……哪有母女不吵架的？夜兒也難受呢。是怎麼了……？哎，我這個雞婆改不了，等妳想說的時候再說吧……」

「夜兒說，別人笑她是什麼恐龍，所以減肥減成個皮包骨……連肝都壞了！她是恐龍，那我這個媽是什麼？不就是生恐龍蛋的大恐龍嘛？嗚嗚嗚……人家說，兒不嫌母醜，夜兒大了，卻嫌我難看了……嗚……」

老王聽她這麼講，很憤慨的說，「這什麼話？我非罵罵小夜不可……」他長年在陽光下勞動，黧黑的臉龐突然冒出一抹淺紅，就是耳朵明顯些，「大姊……我、我……我們都覺得……」他咽了口口水，「大姊是非常神氣好看的女人。」

夜兒媽滿臉眼淚的抬頭看王叔叔，突然破涕而笑，「老王，你真是尋我開心來著。我這樣相貌，自己知道的。也就我家老葉還知道我是個好女人罷了。不過也真的謝謝你……」

王叔叔望著她好一會兒，輕咳一聲，「……老葉也過世這些年了……大姊，妳也想想自己的後半輩子。」

夜兒媽嘿嘿地笑，「別開玩笑了，老王。你看我哪點比男人差？哪需要男人過下半輩子……」

他倒是落寞了。小夜兒不知道，她眼中的恐龍媽媽，可是有眾多追求者的。別看她有缽大的拳頭，虎背熊腰，比男人還有男子氣概。但這個夜兒媽雖然只有國小畢業，卻有一肚子好學問，寫得一手好顏體，任是哪個包商動工也別想唬弄她。工地累得死大男人，她一個女人什麼都扛，什麼都做，腦筋精細得比得上王熙鳳，偏待自己手下人好，赤膽忠肝的，富正義感，好打抱不平。

卻又有細膩的一面。從小夜兒的衣服都是她親手做的，又會煮菜，又善理家，多少善打算的包商工頭巴不得娶她回去當老闆娘，她就是抱著夜兒不肯放。

跟在她手下多年……大姊有多好，他最清楚了。

若不是老葉早了他一步，他也……

「老王，你還發什麼愣？上工要遲了。」夜兒娘推了推他，「麻煩你啦。也操心我們母女多年。女兒大了，有自己想法。早晚她會明白，皮相啊……看久了都一樣的。」

「曖，希望她早點明白。女人不是靠張臉皮的啊！」王叔叔發動了車子。

他可是好些年前就明白了。

5

聽說夜兒生病了？

守軍傻愣愣的握著試管，不知道該怎麼辦才好。自從夜兒跟他絕交以後，吃不下也睡不著，成天就是坐立難安。

嗤，不過是個又肥又醜的女人罷了，而且還踐得很，連要跟她和好……她居然騎著腳踏車甩尾過彎的跑了。

就算她瘦了些、會化妝了，還是改不了又胖又醜的事實啦！別以為男人全瞎了眼，會愛上這種沒人要的貨色……

「欸，你去看過夜兒沒有？」同實驗室的男同事在閒聊，守軍聽到「夜兒」，立刻豎尖耳朵。

「我去了。聽說是減肥減出毛病來……不過，她真的瘦了好些呢。看起來真的順眼多了……告訴你喔，聽說葉夜兒的小說在聯合副刊刊登了！看不出來，她還是個才女啊……」

「你消息太慢了啦！」另一個同事笑出聲音，「她大學就出過書了，算是小有名氣呢。聯副跟她邀稿邀很久啊，何止那一篇，多得很。我算是她的讀者……就可惜外貌差了些……」

「哪有差到哪？」男同事笑著，「我看也還好。你沒去探病不知道，整個人瘦了一大圈，連臉蛋都尖了。現在才發現，她還滿耐看的。才女果然是有氣質的……」

……你們這些色狼，離夜兒遠一些！守軍指關節發白，差點把試管給捏破了。他的小組長端詳了一下，「……守軍，你握著的是鹽酸，破了可是很淒慘的。」

守軍不自然的咳了兩聲，低頭繼續做他的實驗，訕訕的轉移話題，「組長，幾時要結婚啊？」

這位非常中性的美女組長梁良就要跟隔壁的大雪山帥哥組長結婚了，兩方的愛慕者早就摩拳擦掌準備好好鬧洞房。

梁良摸了摸下巴，嘆了口氣，「聽說是下個禮拜三。」她有預感，那一天一定會非常難熬。

守軍笑了笑，帶著激賞的眼光看著即將嫁作人婦的梁良。

當時他到彩妝組，就對他們的美女組長驚為天人。只可惜那時梁良已經有交往的對象了。他後來專找美女，實在是忘不掉第一次見到梁良時的衝擊。

但是要有梁良的外貌已經是非常困難的事情了，要有相同體貼細膩的內在……那更是緣木求魚。

……但是這種體貼細膩的內在似乎很熟悉……他又開始對著顯微鏡發愣。

「裡頭開花了？」梁良伸長脖子，又嘆口氣，「守軍，最近你很心不在焉。」

「呃……不不不，不可能的，我絕對沒有想到夜兒！」他語無倫次的叫了起來，臉孔跟著慘白。

夜兒跟梁良一點都不像，完全不像！人家是陽光美人，夜兒是啥？這簡直是雲泥之別……

「夜兒？」梁良忍住笑，她向來喜歡觀察別人，這是科學家獨有的細緻，「聽說你跟夜兒鬧翻了？」

「……我跟她交情普普，哪有什麼鬧不鬧翻？」守軍的表情有點不自然。

「原來你們沒啥交情啊。」梁良點點頭，「所以你也沒去醫院看她囉！」

「……她那麼壯，死不了。」守軍裝得很忙，擺弄得試管嘩啦啦直響。

「守軍啊……」梁良拍了拍他的肩膀，「你是個不錯的人，可惜就是有點固執、粗枝大葉，也不太清楚自己在想些什麼、要什麼。你最近失魂落魄又是為了什麼呢？自己想想吧……」

要、要想些啥？我、我哪有失魂落魄？不就是吃飯的時候沒伴嗎？男同事的舌頭都跟牛一樣，只要能吃下去，就算是豬食也覺得好吃。女同事就不用說了，哪個不是麻雀胃？幾根菜梗子就算飽了，跟他們吃飯……一點都不痛快。

就是跟夜兒吃飯暢快些。吃完還可以聊聊天，菜色如何啦、裝潢如何氣氛如何，甚至可以聊聊電影、小說和人生。就算聊軍事，夜兒也可以聽得懂，還有獨到見解呢，更不用說願意靜靜的聽他吐苦水……

哼，我才沒有想念她呢！我一點點都沒有、一點點都沒有想念她！

我才沒有想念她才沒有……他不斷的在心裡嘮叨著，不知道要說服誰。這嘮叨一路嘮叨到下班，沒精打采的回到宿舍，心不在焉的出了電梯……

欸？我在五樓出電梯幹嘛？我的房間在六樓啊！

他待在電梯口好一會兒，想回電梯……電梯已經往上升了。

該死的習慣、天殺的習慣！跟夜兒鬧翻好幾個月了，他還是改不了這種習慣。以前跟夜兒好好的時候，他下班總是習慣去夜兒那邊癱著等她出門，習慣抱怨她的冰箱除了冰開水沒有其他的……

媽的，別想了好不好？女人啊，說翻臉就翻臉，真是一群莫名其妙的生物。

他憤慨的拚命按電梯，眼睛卻管不住的往夜兒的房門口溜去……

門是半開的?!

他馬上緊張了起來。夜兒不是還在醫院嗎？為什麼她的房門……難道有小偷？一股氣湧了上來，他屏住氣息，扳了扳手指，可惡，是哪個不長眼的小偷，敢偷到夜兒家來？不想活了嗎?!

咆哮著衝進去，「該死的……」下半截話卻梗在喉嚨，夜兒令人心驚的倒在地板上，購物袋裡的東西滾了一地。

「夜兒!!」他緊張的撲上去，「夜兒？夜兒！妳怎麼了？妳不是還在住院嗎？醒醒啊～」

意識模糊的夜兒抬起頭，發現自己眼前一片白茫茫，什麼都看不見。住院數日……她只能說，醫院的伙食可殺人於無形。已經算是不挑食的人了，但是等糊成粥狀的飯（應該是白米飯吧？難得可以煮成這種不明物體）和爛到沒有味道的青菜、焦黑的煎蛋放在她眼前，她居然可以倒足胃口，啥也吞不進去。

我要吃飯，我要吃正常的食物！

飢餓感幾乎將她折磨到發狂，一等到醫生點頭，她根本是用逃的逃出醫院……久病虛弱的她，只能撐到超市草草買了些菜，等回到宿舍……連門都來不及關，就天旋地轉的倒下了。

她呆呆的看著眼前的守軍……其實讓飢餓感蒙蔽的她，已經不認得人了。她只看到守軍捲起來的袖子下，有著很誘人的肉……

守軍大聲痛叫起來，夜兒居然一口咬在他的手臂上，像是要扯下一塊肉似的。靠～這女人不是得肝病，應該是得狂犬病吧?!

「喂！吃我不解一時餓啊！」他吼了起來。

夜兒呆了呆，意識恢復回來，連忙鬆了口……但是守軍的手臂已經留下深深的齒痕，差點兒就要見血了。

「妳幹嘛？妳在幹嘛！」守軍怒氣沖沖的罵，「就這麼恨我？我到底是得罪了妳啥啊？也讓我當個明白鬼吧？說不理我就不理我……不是甩尾逃走，現在又乾脆大口咬定了！女人！就是莫名其妙中的莫名其妙～」

「……你怎麼會在這兒？」夜兒覺得頭好痛，或許是太久沒接受這種灌頂式的嘮叨了。

「說到這個……真是好心沒好報！」守軍滔滔不絕的罵著，「我看妳房門開著，以為有小偷，好心來幫妳看看……妳咬我！妳居然咬我！妳有這麼恨我嗎？不就是塊排骨嗎？值得妳要絕交，還恨不得咬死我啊～」

「才不是為了排骨。」夜兒沒好氣的掙扎起來，抖著手拿了塊蘇打餅乾啃，緩和一下飢餓感，「如果我對你說，『守軍，你不能再吃了，你肥到肚子上的油要流下來了……』你作何感想啊？」

「……我哪有肥？我哪有肥！」守軍跳起來，「我只是骨架大，聽到了沒有?!」他氣得快要抓狂了。

「你就是骨架大，我就是肥？」夜兒吼回去，向來溫順的她讓這段慘無人道的減肥生活折磨到一點耐性也沒有，積壓許久的話嘩啦啦的嚷出來，「你就很輕盈、很瘦嗎？你怕人家講，那你對我講的又是什麼?!你會被刺到，我就不會？我就不會?!踐踏我你很爽嗎？你這混蛋！你這種朋友我高攀不起！」

從來沒看過夜兒發這麼大的脾氣，守軍怔住了。他細細想了一下，有點不甘，也有點羞愧。「……我又不是有心的。」

「己所不欲，勿施於人。」夜兒發完脾氣，深深感到疲倦，「你若不愛聽那些，就不要把那些惡言惡語用『無心』兩個字，丟到別人身上。」

雖然他的手臂還是痛得要命……但是看無力坐在地上的夜兒，守軍的臉蛋卻紅了起來。老天……她真的瘦了好多。原本胖胖圓圓的臉蛋都尖了，病容讓她威猛的相貌柔和許多，顯得楚楚可憐。

或許不是容貌或體態吧……（在他標準裡，就算減掉那麼多，夜兒還是屬於胖妹一族），而是一種神情，一種感覺，讓他突然臉上發燒。

不知道為什麼，心跳就是快了好多。

他粗魯的將夜兒扶起來，「……幹嘛減得跟鬼一樣？這樣就很美嗎？身體都搞壞了……」

夜兒瞪了他好一會兒，氣得說不出話來。我會這樣殘害自己的身體，還不就是你們這些破爛男人的錯嗎？你們不要瞧不起我、譏笑我，我好喜歡挨餓嗎？

XXX的XX的～！@#$%↑&＊

「……如果沒有其他的事情，請你回去吧。」她馬上下逐客令。

「欸，別這樣好不好？」守軍有點羞愧的低下頭，「……我是來道歉的。我以後不會這樣口不擇言了……請妳原諒我好嗎？」語氣雖然生硬不自然，但是他已經盡力誠懇了。

夜兒狐疑的看他一眼，做啥費心跟她和好？她這種女人……街上隨便抓一把也比她漂亮。人嘛，什麼地方不會有朋友？「……你不欠我這個朋友。」

「我就是欠可不可以，我欠很大可不可以？」守軍覺得沮喪了，「……自己吃飯好沒味道……我們不要吵架啦！下班我都不知道要去哪……連個可以說話的人都沒有……」

「你追求的那堆漂亮女生呢？」吃了片蘇打餅乾，她覺得好些了，開始撿滿屋子亂滾的菜。

「那就只是追嘛，」守軍怏怏不樂，「妳聽說過人類可以跟花瓶溝通的嗎？」

夜兒直起腰，覺得啼笑皆非，「你們男人……真是『難人』。長得醜、長得肥，被嘲笑是恐龍；長得漂亮纖細，還是得被嘲笑是花瓶。你們好了不起，個個文武雙全才貌兼具？受不了，真是受不了……」

我才受不了女人腦子裡莫名其妙的心思呢……為了這麼幾句話，氣這麼久……可這些話守軍只敢在心裡想想，沒那膽子說出來。好不容易夜兒願意跟他說話了，再讓她氣著了……算了，後果太恐怖。

「好啦好啦，我是難人，可以吧？」守軍陪笑，打量了黃疸還沒褪盡的夜兒一下，「……夜兒，妳像廟裡的金身羅漢。」

「你給我閉嘴！」夜兒覺得很沒力，真是狗嘴吐不出象牙啊～

守軍訕訕的摸摸鼻子，夜兒悶著東忙西忙，看到她捧了一大盤的苜蓿芽出來，他實在忍不住了，「哇靠，好端端的吃這個……妳也加入俱樂部囉？」

夜兒瞪了他一眼，「沒辦法，我已經不能吃藥減肥了啊。」她雖然不想被貼上恐龍標籤，但也還很珍惜生命，「就只能乖乖吃素……」

默默的吃了幾口，看守軍欲言又止，雖然知道他開口絕對沒好話，還是敵不過好奇心，「……什麼俱樂部？」

「我不敢講。」守軍低著頭，「妳又會生氣了。」

真是討厭這些不乾不脆的男人。不敢講就別說個開頭啊……「你說吧，我不生氣就是了。到底是啥？」

踢出去就是了，何必生氣？

守軍為難的看看她，又低頭看看那盤苜蓿芽。可憐兮兮的說，「就是……『啡～』俱樂部。」

這句逼真的馬鳴聲讓夜兒把嘴裡的苜蓿芽噴出來，嗆到大咳不止，笑到氣都喘不過來了……

笑著笑著，她突然哭了起來。

「會變成這樣……還不都是你們害的？都是你們這些討厭的臭男人～嗚嗚……」她哇哇大哭，卻沒把守軍踢出房門。

守軍搔搔頭，有點想離開讓她冷靜一下。不過他豐富的追花瓶……不不不，追美女經驗告訴他，現在走出房門就一切前功盡棄。

「是是是，」他陪笑，「都是豬頭男人不好……別哭了好嗎？」默默遞上抽取式面紙和冰開水，「等妳哭完，我們可不可以去吃飯？妳要是繼續吃苜蓿芽……我會忍不住在旁邊配音。」

「好啊，」夜兒擤擤鼻子，「出去吃就出去吃。」

等到了餐廳，守軍就後悔了。媽啊，素食餐廳?!饒了他吧～

他苦著臉嚼著偽裝成肉、魚類的假貨，心裡無限哀悼。這根本違反人類雜食的本能嘛！他又還沒六根清淨，又不準備出家，為什麼……

「好吃嗎？」夜兒臉色慘澹的問他。

很想說難吃死了。但是若這樣才能跟夜兒一起吃飯……「還可以。」

他非常沉重的嘆口氣。

＊　＊　＊

夜兒發現一件很重要的事情。

當她和守軍一起吃飯的時候，就算啃馬飼料……呃……苜蓿芽的時候，她強烈想吃肉的欲望可以減輕不少。

或許是看著有人同樣苦著臉，所以略感安慰吧？

不過守軍的確是個好人。她瘦下來以後，常常煩惱不知道該穿什麼。月氛又被派出國進修，她又不好意思天天去煩企劃部的姐妹。自從她病倒以後，企劃部幾乎忙翻了過去。拜他閱遍美女的豐富經驗，不管是穿衣或化妝，都有個很高明的顧問可以詢問。

肝病這毛病很麻煩，需要靜養和營養。營養已經沒辦法顧及周全，靜養就更重要了。公司很慷慨的放她一個月的留職停薪，但是她卻無聊到想撞牆。若不是守軍天天來陪她，她不會因為減肥而死，倒是會因為無聊而亡。

真不懂，他怎麼那麼閒，天天苦著臉來陪她吃素。

「……我又瘦了五公斤。」她有些心驚的看著埋頭苦幹的守軍，「你跟著我吃素，怎麼不見你少一毫克？」

「……妳管我。」守軍不高興的瞪她，「吃素容易餓啊。欸，都吃素了，妳多吃一碗飯好不好？」

「現代女人哪個可以吃飽的？」夜兒更不開心的瞪回去，「你以為每個女人都吃不胖？除了少數的麗質天生，哪個窈窕身材不是餓個半死來的？只會追美女……不知道美女的背後是多少血淚的努力而成嗎？」

守軍唯唯諾諾，他的確是一點都不知道。天天陪著夜兒外出，他越來越膽戰心驚。原來女人花在減肥和美麗上的時間需要這麼多啊……

夜兒已經把運動量減半了，卻還是讓他覺得不可思議。每天跟她出去騎腳踏車，回來的時候真的覺得自己快陣亡了。這還不是最可怕的，更可怕的是，他沒想過化妝品和衣服這樣的貴，夜兒總是默默的買下來，從來不讓他付帳。

老天……那些價格讓他倒抽一口冷氣。難怪美女能凹就盡量凹，能削就盡量削……實在是她們花在美麗的金錢已經太恐怖了，想要享受她們的美麗，真的男人得乖乖貢獻一些啊……

既然夜兒不讓他掏鈔票，他只好盡量貢獻自己的建議。體重到六十五的夜兒的確還不符合社會的審美觀，但和以前已經是判若兩人了。等她穿上連身腰線優美的長洋裝，修整整齊的濃眉在淡淡妝點的臉上精神的上揚，原本礙眼的厚唇上了暗色唇膏，顯得豐滿誘惑……

守軍呆呆的望著她。

「不好看？」她不太有信心的問。

「……領口太低了。」他搞不清楚自己幹嘛生氣，「女孩子家穿這麼低領的衣服幹嘛？很危險妳知不知道？去換掉！妳喔……」

夜兒翻翻白眼，沒好氣的回他，「先生，這是你建議我買的。」

守軍一時語塞。對吼……是他建議的……

「我那時候眼睛一定有毛病。」他還想硬凹，「真的，這件領口太低了，妳肉夠多了，用不著這樣賣肉嘛……」

夜兒用看神經病的眼光打量他，「不跟你說了。神經的要命……」她咕噥著，一面穿上涼鞋。

「欸？妳要去哪？」對呀，沒事夜兒幹嘛打扮？守軍突然緊張起來。

「跟朋友吃飯。」夜兒心裡是有點忐忑不安，但是……人家一直對她沒惡意不是嗎？拒絕那麼多次……總是不好意思一直拒絕下去。

而且，他又說有重要的事情。

「朋友？哪個朋友？」守軍叫了起來，「是男的對吧？妳不要以為妳是天仙美女了，還早得很呢！略為平頭整臉就想出去風騷……喂！夜兒，妳到底有沒有聽我說呀～」

「聽到了。」夜兒狠狠地瞪他一眼，「你快去約你那群美女吧，別整天淨黏著我。」然後就揚長而去。

守軍張著嘴，站在原地好一會兒。

靠～我在幹嘛啊我？幫別人培訓女朋友？我神經病？我神經病啊～

怒氣沖天的跑回去，忿忿的拿出手機，想著該約哪個美女出門……數十個號碼選來選去，居然選不出半個。

他想約的是……想約的是……

他真正想約的是葉夜兒啊！

「靠～為什麼這種事情會發生？為什麼啊～」他的慘叫幾乎穿透了整個員工宿舍。

6

宿舍怎麼這麼吵啊？

夜兒不安的回頭看看，但是崇遠志已經笑著打開車門，她有些受寵若驚的坐進了豪華的轎車。

她……還沒這樣被禮遇過呢！

「崇先生，到底有什麼重要的事情？」她戰戰兢兢的問，跟移民後代相處，她還是相當不自在。不管這個移民後代是多麼迷人、多麼英俊，對她這個「人類」來說，還是相當可怕的。

遠志帶著驚異的眼光看著她，夜兒小姐……看起來和以前大不相同。但是身為神族的後代，原本就不是那麼注重皮相。他比較感受得到的是，夜兒的夜叉本能又更濃重了些……

這讓她更魅惑（單指對移民而言），卻也更危險。

夜叉族原本就好戰嗜血，真的讓她恢復了本性……

那隻半狐妖提出來的警告讓他不安，而最近他「看」到的景象又更讓他擔心。

「……夜兒小姐，妳比以前更美了。」他深思許久，給了這樣不算答案的答案。

夜兒臉孔微紅，卻咬著嘴唇。她雖然無法窺看人心，但是對遠志卻略有感應。她突然有種大禍臨頭的感覺……

她並不知道，夜叉族算是叛逃屈服於神的魔族。魔族懼神是天性，就算是從神多年，又和人類通婚數十代，血緣異常淡薄，這種奇怪的遺傳還是深深的牢記在她的潛意識中。

「……我什麼都沒做。」她聲音很小的說。

「我會保護妳的。」察覺了她的驚懼，遠志不忍的保證，「呃，我們是同族嘛！」

夜兒狐疑的看看他，還是溫順的跟他去吃飯。去的餐廳很豪華也很知名，她也明白這樣的美味千載難逢……

但是，牛排館?!

「……崇先生，我吃素。」她非常窘，暗暗的對著滿盤香噴噴的牛排嚥口水。

「夜兒小姐，請聽我一言。」遠志這樣的誠懇，任誰也不會懷疑他的善意，「妳真的不能再吃素了……一來是妳大病一場，意志已經薄弱許多，二來……妳恐怕已經……」他不知道怎麼說，「那個人類運氣好，妳的運氣……也很好。」

夜兒呆了呆，心虛的低下頭來。不知道崇遠志是怎麼知道的……但是那天……她咬了守軍。雖然當時還沒感覺，過段時日後，突然冷汗直流。

很險……真的很險。若是她意識一直模糊下去……她很可能將守軍吃得乾乾淨淨……甚至不知道會做出多可怕的事情。

「……我是人類。」向來怯懦，甚至害怕遠志的她突然低吼出來，「我是人類，才不會做出什麼奇怪恐怖的事情。我是人類呀！」

「遺傳是很神祕，也很無奈的事情。」遠志靜靜的說，「我們誰也沒辦法選擇自己降生的血緣。」

她不甘心的淚水不斷的滴在膝蓋上。「我是人類……只是遠古有個祖母是半夜叉……就這樣而已啊！為什麼？為什麼嘛……我減肥也減得非常痛苦，我也不喜歡這種體質，我是什麼都不喜歡的……我只想當個普通的女人、普通的人類啊……我不是恐龍不是夜叉也不是妖怪不是神族……我只是個普通的人類而已啊……」

遠志沉默了很久，無聲的嘆息。

「夜兒小姐，小時候我也有這樣的疑慮。」他的目光遙遠，「人類啊……本來就排拒所有『相異』。自古以來，混血兒的日子都不好過，並不只有我們神族後代如此。又何止是混血兒？瘖啞聾殘、面貌有瑕疵的，甚至只要不符合時代的一般標準……跟我們的遭遇又有什麼不同？換個角度來看，我們還有能力對抗這些歧見，這些世人眼中的人類相異呢？」

他的語氣落寞，充滿悲憫。夜兒的眼淚不知不覺的停止了，覺得眼前這位聖潔的男人發出純淨的光芒。

像是可以洗滌一切似的。

「我沒有能力對抗。」夜兒沮喪極了。

「妳有的。」遠志誠懇的握住她的手，「妳的心靈比誰都堅強美麗。」

這讓她窘到差點鑽到桌子底下，想要把自己的手拔回來，無奈像是被鐵鉗銬住了。僵持了好一會兒，遠志才大夢初醒的放了手。

她死死的盯著餐巾，聲如蚊鳴的說，「……我知道了。我會嘗試葷食……」

遠志鬆了口氣，「此外，這個月內，妳盡量不要去公司。」

他凝重的語氣讓夜兒坐立難安。「崇先生……你看到什麼？」她害怕，真的非常害怕。

遠志為難起來，他躊躇了很久，「這個月，妳到公司會發生某些災難。」如果可以說得更具體就好了……問題是，他的血緣也很淡薄。除了少數的神族有開天眼的神通外，還未必看得很清楚，更何況他一個混血數十代的後人？

他只能模模糊糊的感覺到，卻也說不準。

「總之，這很重要。請妳不要忘記。」他凝重的又叮嚀了一次。

夜兒眨了眨眼睛，她很相信遠志……也很相信他說的預言。這個月本來就是留職停薪，她應該不會到公司去。

「我會牢牢記在心裡的。」她很慎重的保證。

* * *

她的確是想聽從遠志的建議，開始吃葷食的。

但是這該死的體質……不管她吃的葷食有多麼少，就是會讓體重頑強的回升。她也了解遠志的忠告了……吃葷食會變胖，瘦不下去，但是不吃……她嗜血的欲望會越來越明顯。

這點讓她很害怕。

所以就變成惡性循環了。吃葷食，變胖，她就開始讓自己吐出來，體重略減，但是煩躁就會纏上來；然後她進食壓抑血肉的欲望，再催吐……

天天黏在她身邊的守軍沒發現，甚至有天眼的遠志也沒發現，她只跟打國際長途電話的月氛抱怨。

「……妳這是自殺。」月氛悶悶不樂，「我就說我會想出辦法的。」

「別擔心，」夜兒虛弱的笑笑，「我還好的。五十就好……我只要減到五十幾就好……我一定會保持這樣的體重的……妳知道嗎？有人跟我搭訕欸。以前嘲笑我的人，現在看到我都是驚豔的眼光……」

「為了那種虛榮值得這樣傷害自己嗎？」月氛顧不得昂貴的電話費，氣得大叫起來。

「妳一生都那麼美麗，妳怎麼知道我的感受？」夜兒也氣了。

「我不知道？我不知道?!最好我不知道！」月氛的聲音幾乎震破話筒，「妳以為只有『恐龍』這種標籤會傷害妳？妳知道別人怎麼叫我的？妳知道從小別人怎麼看我的？從我小三就被叫『狐狸精』！那些男人巴上來是我喜歡的嗎？別人的老公、別人的男朋友找我要是什麼意思？我一生都讓女人忌妒怨恨，但是我做了什麼？我不過就是在那兒而已！這些卑賤的人類……我才看不上眼，誰也看不上眼！」

長年的怨恨一旦宣洩，就一發不可收拾了，「妳那叫身在福中不知福！我只希望能夠安安靜靜的度日，一個人也別來注意我！但是這該死的人間……哪裡有這種地方？吭？妳告訴我哪裡有這種地方啊！」

抱著話筒的夜兒呆住了，好一會兒說不出話來。她從來沒有想到，當個絕世美女也會有深重的心障。

「……所以妳想去青丘之國？」

「那才是狐狸精該去的地方不是嗎？」月氛火氣很大，「我去那兒才對不是嗎？」

夜兒的臉頰緩緩的流下眼淚。女人……到底該怎麼辦才好？容貌是生下來就註定的。太醜惹人嘲笑，太美也惹人妒恨。

到底該怎麼辦才好？要怎樣才可以當個適當的女人？她也茫然了……

「對不起！」她啜泣起來。為月氛哭、為自己哭，為天下的女人同聲一哭。

「哭什麼哭?!沒出息！拿出妳夜叉的氣魄來！」月氛忿忿的抹去頰上的淚，「妖就妖，魔就魔，誰希罕人類的認同！」

「……月氛，等妳回國，我幫妳打開通道。」夜兒下定決心。

換月氛獃住了，她哽住了一會兒，「……我的法術很爛。」

「……去那裡妳才會快樂的話……我願意賭看看。」夜兒很真摯的說，「我的朋友不多，但都很真心。妳是我的好朋友，我願意試試看。」

月氛連再見都沒說，就把電話掛了。她呆呆的坐著，坐了很久很久。

那個半夜叉……說她是我的朋友。

倔強的她，居然想哭，很想哭。

「唷，妳也會哭啊。」月氛的母親打著呵欠走出來，玲瓏有致的身材在性感睡衣底下忽隱忽現。「我還以為妳是鋼鐵打造的，從來不哭哩！」

「……妳幹嘛也來美國？」月氛心情很壞，她這個風騷的娘不好好待在國內，不知道跑來美國做啥，來就來吧，卻天天跟她搶床、搶被子，還跟她搶洗手間和化妝品。

「美國這裡也需要道士啊。」月氛媽姿態撩人的伸懶腰，「順便來探望我唯一的小女兒嘛～」

「妳到底要誘惑誰啊？」月氛撫著胳臂上的雞皮疙瘩，「別用那種噁心的甜聲說話，這屋子裡沒有公的！」

「嘖，妳的浪漫不耐症還沒有痊癒唷？」月氛媽半閉一隻眼睛，「小月氛，去談場戀愛吧……幹嘛天天想那些不著邊際的事情……」

她甜蜜蜜的嗲聲讓月氛想就地找掩體。受不了，她真的受不了這個比純狐妖更嬌媚百倍的媽了……

「求妳不要用那種聲音說話～」她吼了起來，「妳就不怕又有哪個瘋女人跑來家裡潑硫酸嗎？」

「我替美國政府做事。」她半躺在沙發上，幸好附近沒半個男人，不然又有好戲看了，「有人保護我的人身安全啦。」

她對這個法力和魅惑力同樣高深的媽實在毫無辦法。「……為什麼我學不會法術？為什麼？」月氛氣餒又不甘，「那最少我可以把這種該死的氣質掩蓋些……」

「掩蓋幹嘛？」她的母親不太樂意，「掩蓋就沒有小花可以啃了。」

媽，不是每個人都像妳這樣熱愛栽培桃花，甚至弄出整個桃花源的……她不要這種背著桃花樹的宿命，她完全不要啊～

「再說，不會法術也不錯，起碼不會像我這樣勞碌。」她嬌豔的臉龐顧鏡自憐，「瞧瞧，不過是隻爛殭尸，害我熬夜得好憔悴……」

……妳，真適合當個狐狸精啊……

月氛真想倒地不起。

不過，這個時候母親來訪，或許……是好事吧？

「媽，妳記得……記得先祖留下來的法術書嗎？」她愁眉不展的問。

「當然，不就是我把這當生日禮物送妳的嗎？」月氛媽親熱的拍拍沙發，「怎麼了？我甜蜜的小月氛……妳當傳家寶就好了，千萬別練了……妳沒那天分的。」

這不用妳再度提醒……月氛覺得很沒力，「……當中有進出青丘之國的記載……」

「妳還在想這件事？」月氛媽嘆了口氣，「人間有什麼不好的呢？打開通道需要高強的法術和半神人當鑰匙……而且未必能成功。」她想想女兒驚人的缺乏天賦，忍不住嘆氣，「女兒，妳是人類，不是別人叫妳什麼就是什麼……」

要是以前，她一定會因為這樣跟母親吵起來，但是她心裡有更深的憂慮了。「媽，那麼，當作鑰匙的半神人呢？他們打開通道以後，會……？」

「當然會死啊！」母親很理所當然的回答，「有幾分腦子的半神人都不會答應妳的。女兒，我不是看輕妳……妳除了相貌還有些先祖的遺傳，已經是個徹徹底底的人類了。妳拿啥跟半神人爭鬥？別傻了，忘記這件事情吧……」

她沉默不語。

腦子不斷的流轉著和夜兒相處的點點滴滴，突然愴然了。

她，還沒跟女孩子相處得這麼自在，這麼快樂過。夜兒她說……說她們是朋友呢……

月氛突然不知道該怎麼辦了。

＊　＊　＊

唔，減肥以後果然人生都不一樣了。

夜兒開始有人追了……大約連整容都不用。她會寫點東西的小興趣被誇大成才女，讓她很窘，但是追求者不這麼想。

她終於開始享受當個女人的樂趣……當然，這是無數血淚和強迫身體衰弱的結果。

雖然說，夜兒原本不希冀愛情的降臨，但是現在卻有許多選擇在她面前，讓她受寵若驚。

就算走在路上，也會有人訕訕的跟她要電話號碼……她很驚訝，也很開心。

雖然渴望血肉的欲望越來越強，她半夜常常因此心悸，跳起來喘息不已，雖然她還是餓著，大病之後營養不良的身體一直恢復得很差，醫生總是對她搖頭……

但是她覺得自己是快樂的。

終於可以，終於可以抬起頭來過每一天，終於可以不被那些鄙夷的眼光傷害了。就算要她剁下一手一腳，她也甘之若飴……何況只是餓餓肚子？

一切都在掌控中，她沒問題的。

「妳咽喉有點受傷。」去複診的時候，醫生狐疑的看看她的喉頭，「破皮了。妳最近吐得很厲害嗎？」

夜兒心虛的笑，「呃……只是一點反胃。」

「妳這樣不行。」醫生凝重起來，「妳要多攝取營養。肝病不是普通的病啊……一但肝功能受損後，就很難恢復得跟以前一模一樣。妳似乎也有營養不良的現象……我幫妳掛腸胃科，還是仔細檢查一下吧！」

她默默接過轉診單，卻沒有去看腸胃科，甚至連複診都不再去了。

很心虛，非常心虛……她怕醫生罵。也很久沒回家了吧……她也怕母親的失望、責備。

只要到五十幾公斤就好……對不起，醫生，對不起，媽媽。

我不是要讓你們擔心，我只是……我只是……只是想當個普通有夢想的女人而已。等我減到適當的體重，我會好好的保持……

崇先生，你也不要擔心……我會堅持下去的。

等我減到那時候，就可以、就可以吃肉了。我會好好的努力，也不會讓自己墮入魔道。

請不要為我擔心……

就在她留職停薪的最後一天，距離崇遠志的預言就差這一天了。她一大早就很愉悅，開始打理第二天要穿的衣服。什麼樣的衣服，要搭配怎樣的彩妝，拜守軍的教導，她已經很熟練了。

雖然守軍越來越陰陽怪氣，不知道多少次趕跑跟她搭訕的男人，總是氣呼呼的，但是她不得不說，這個人真的是個很好的朋友。

看到桌子上像軍隊排列的維他命，她忍不住笑出來。這些都是守軍粗魯的塞給她，硬要她吃下去的。

雖然他嘴巴還是毒，還是很愛潑她冷水，不過……他的確很關心夜兒。

從來沒有發現陽光這麼燦爛，空氣這麼甜美。她的人生像是脫胎換骨一樣……一切都重新開始了。

她第一次覺得，活著，真好。

尖銳的電話聲驚破了她愉快的想像，那頭傳來非常慌亂的聲音，「喂？夜兒？妳能不能先來公司一趟？那個天殺的主任……媽的，妳的案子怎麼掛了個白痴花瓶的名字？這下好了，老大採納了那個提案，白痴花瓶倒是一問三不知了！妳趕緊來救救命啊～不然今天下午我們會被老大削掉三層皮啊！」

夜兒遲疑了一下。這個月……就剩這最後一天了。應該沒有關係吧？

「好，我馬上來。」她溫柔的回答。

話筒那邊歡呼了一聲，「夜兒真好～我們等妳唷～」

她覺得陽光似乎黯淡了一下，警覺的抬起頭。

依舊陽光燦爛，無數金粉在曦光中飛舞。應該只是一片雲飛過去吧？這樣難得的好天氣，是不會有什麼不幸的。

她哼著歌，開始穿衣打扮了起來。

7

她到公司的時候已經十點多了，一走進大門，引起了許多人的注目和善意的竊竊私語。

或許夜兒還有些超重——就嚴苛的社會標準來說。但是她合宜的打扮和精心挑選的衣服起了驚人的作用，讓她看起來豐腴而不臃腫。更讓人悅目的是，她臉上那淡淡的紅暈，和愉悅明亮的神情。

那是有自信卻帶點不確定，甜美卻溫柔的神情。她經過多少血淚交織終於有了這樣中等的姿色，仍然不是美女，卻已經心懷無比的感激和無限痛楚後的絲微滄桑。

這種光采讓她的容貌雖不甚美，卻頗耐人尋味。再加上與之前相貌的重大反差，不免引來許多溢美與驚豔的眼光。

面對許多的關心和善意的詢問，她羞澀的低頭笑笑，這時候才有人注意到她溫柔的耐性，和甜美如絲綢般的聲音。

就像美女有許多面相，而她的整體組合，無疑的可以算是個中等美女了。

「現在的女人，已經不太會臉紅了。」一個男同事有些目眩神迷的望著夜兒遠去的背影。

「現在的臉紅都是腮紅畫出來的啦！」另一個男同事滿眼激賞，「這個倒是貨真價實的。滿不錯的……聽說她不但會寫小說，還煮得一手好菜哩。上次公司露營不是？都是她包辦的，吃過的人讚不絕口……」

「她會打圍巾。」和守軍同部門的同事笑了起來，「喏，守軍今天戴的那條就是了……」

一片驚嘆，什麼年代了，女人連白米飯都不會煮，還圍巾勒！「……老天，她被近水樓台先得月了？」

「沒啦，守軍眼界那麼高，不是絕頂美女他不要啊……我倒是比較甲意這種賢慧的中等美女。超級美女難養啊，還是宜室宜家的比較好……說起來，守軍算是笨的了……」

且不論這些摩拳擦掌的男同事，夜兒心情愉快的走向企劃部，姊妹們都訝異的叫了起來，圍著她問東問西。她耐性的一一回答，就專注的開始工作，不一會兒便把簡報的工作弄好了，就跟她之前一樣。

但是那個無良主任張著嘴望了她好一會兒，突然客氣無比的請她下午務必要負責簡報，還把她叫到主任辦公室，慰勉懺悔了老半天。

只是少了一些體重而已……我仍然是我。但是……待遇多麼不同。她有些感慨，卻也多了些恐懼。

若是體重回升呢？她又要過那種不被認同，總是被嘲笑的日子嗎？但是這個體質……是要怎麼維持呢？

中午吃飯是最痛苦難熬的時光，但是紛紛打內線進來的邀約……飄飄然的虛棨心略略撫慰了對血肉的渴望。

「很爽吧？」守軍冷冰冰的說，讓沉思的她嚇了一大跳。「現在可是人人搶手的美女了……」

他不爽，非常非常不爽。突然覺得夜兒減肥是個天大的錯誤。夜兒只要保持那種胖胖的、圓呼呼的，威猛到沒人敢接近的外表就好了。這樣夜兒只會是他一個人的……不管什麼時候，他都可以高高興興、大大方方的走到夜兒的房間，甚至夜兒的心裡。

夜兒的好，就只有他知道、他明白，那樣就好了。現在想起來……以前那種威猛雄壯的外表有什麼不好？看著就讓人安心，笑起來也有種奇怪的甜美。最少她活得歡歡喜喜的，不像現在，妝點精緻的臉龐總是會掠過一絲深刻的痛苦。

他討厭、非常討厭夜兒臉色蒼白的面對幾盤菜葉子，苦笑著吞下去的表情。越吃素就越煩躁。那不是他的生活方式，也不該是夜兒的。

人生這麼短，值得歡快的事情這麼少，也就只剩下食欲是可以快樂滿足的。

為了幾斤過重的體重（好吧，幾十公斤），非得活得這麼蒼白嗎？

「妳最好注意一下自己的身體！」守軍越想越氣，「減出肝病來了，到底還想怎樣？哪天連命都減沒了！我就算一輩子沒有人愛，也不想拿自己的身體開玩笑！妳到底是哪根筋不對？我說對不起行不行？我太淺薄、太重表相了！拜託妳不要再傷害自己……」

夜兒低頭撥著盤裡的生菜沙拉……說來可笑，全公司的帥哥都約她吃飯，她還是寧可跟守軍一起出來吃素食，一面聽他碎念。「……你說的，我都明白。我也知道你是關心我……」

她苦笑，「但是，就是有些人必須付出更多努力。我的體質就是這樣……」

「許多體型上的問題都是遺傳所致！遺傳，懂不懂啊?!」守軍大叫，「妳用啥跟DNA抵抗啊？就憑餓成這樣？妳知不知道就算吃過了飯，妳肚子餓的聲音一里外都聽得到？我可以拜託妳吃飽一頓嗎？一頓就好了！算我求妳好嗎？被追求很爽？是很爽啊！但是那些男人知道妳受什麼苦嗎？他們不知道，不知道啊！」

「……你之前，也是不知道啊！」她依舊是溫柔的笑著，只是滲入了更多的苦澀。

「所以我才說對不起。」守軍的聲音低了下來，「別這樣……我知道妳也不是很希罕多少人追妳……妳又何必……」

「守軍，你是個好人。」夜兒吐了吐舌頭，故作輕鬆的，「來，我們吃飯吧，別說這些了……」

「……如果妳怕沒人娶妳，」守軍停了好一會兒，終於下定決心，「我們多年老朋友了，這點犧牲難道我還做不到嗎？反正我永遠追不上我喜歡的那種美女……而且人家都說，理想和事實上會喜歡的是兩種典型……如果、如果妳沒人娶……」

他突然吞吐的很厲害，「我、我我我，我……我娶妳嘛！」話一說出口，突然覺得喘過一口大氣。咦？為什麼我這麼高興？為什麼我高興得簡直要飛？

我……我大概……大概很久很久以前，就、就就就……

守軍激動得像是機關槍，「我娶妳嘛妳不用擔心就算是變成以前的樣子甚至更胖一點我也可以接受的嘛重要的是別弄壞身體高高興興吃飯啊妳肚子餓的時候我都好難過……」差點忘了換氣，他喘了幾下，「不要發好人牌給我，我是很認真的！」

夜兒張著圓潤的嘴看他，守軍覺得自己心跳居然劇烈的不規律。

我是豬！我根本就是條笨到腦震盪的豬！跟她認識這麼久，為什麼都沒發現自己的心情？哪個白痴男人會一而再再而三的和一個女人磨時間啊？他追誰都不太起勁，倒像是在起鬨。再美的女人都沒辦法讓他保持長久的興趣……對方要分手，他一直都很灑脫。

只有夜兒。就是夜兒跟他絕交，他會傷心得吃不下睡不著。

他根本就是蠢到喜馬拉雅山的豬啊！

「……我真的滿高興的耶。」夜兒很感動的說，「我不能只發好人牌給你，該發無敵霹靂絕對極限好人破天令給你了。你果然是我最好的朋友，願意做這麼大的犧牲……」

她的眼睛水汪汪的，泛著晶瑩的淚光，「守軍，我真的好感動。但是不用擔心啦，我並不想嫁……」夜叉的血緣到她這兒就好了，她不希望一代代傳下相同的傷痕，「我會珍惜自己的身體，不會讓你擔心的。你的心意……我感受到了。我們是一輩子的好朋友，最好最好的朋友！」

……誰來把這個好人破天令拿走？守軍一陣暈眩，覺得這個破天令把他打入地下三尺，簡直可以直接放墓碑了……

「夜兒，妳聽我說……」他還想做最後的努力。

「我是滿想聽你說的。」她看了看錶，「但是我快趕不上上班囉。你趕緊吃一吃，也去上班吧。不要摸魚摸太久喔。」

感動過度的她搶著把帳單付了，就像火燒輪子一般跨上腳踏車，飛騎而去。

守軍的手顫抖的伸在半空中，眼角掛著一滴英雄淚。

喂！妳把好人破天令扔到我頭上就跑了？好歹也讓我追妳一下啊～喂～

*　　*　　*

下午的簡報讓她有點怯場。

從來沒被這樣注目過，她打開PowerPoint，突然大腦當機了，愣了幾秒鐘。

她好急，好急好急……但是腦海一片空白，不知道要說什麼。

主任……會不會把她趕下來？她想起第一次的簡報……那次也是這樣愣在台上，氣急敗壞的主任把她趕下來，從此理直氣壯的把她的企劃案都掛別人的名字，連讓她再試一次的機會都沒有。

膽怯的看著台下，大家卻捺著性子微笑著等她，連主任都很寬容的笑笑。以前那種格格不入的違和感不見了，她，終於被認同。

這種感覺很微妙。一脫離「恐龍」的行列，她也被認同是個人類了。

不是不感傷，但是她寧定了一下，溫柔的說，「抱歉，我有點怯場。」她微微笑了一下，突然腦子清晰起來。

她朗朗的說著發想和概念，很有條理的。這是場成功的簡報，連他們的大老闆都很滿意。「很不錯，葉小姐。」大老闆友善的拍拍她的肩膀，「生動有趣，我對妳很期待。」

夜兒羞澀的笑了笑，突然有流淚的衝動。

她，依舊是那個「葉夜兒」。只是一些外觀的改變……她渴求許久的認同就這樣簡單的降臨了。她再也不會奢求什麼了……

夜兒用一種滄桑的目光，重新看待這個世界。人類的社會標準是很奧妙的，各式各樣的「異」都會引起排擠。肢體有殘缺、種族歧視，隨著時代不同的審美觀……各種體型上的不同。通通會引起人類對相異的排斥。

所以並不是針對她、或者是「移民」的血統。即使同樣是人類……也可能因為肥胖、禿頭，任何外貌上的不雅觀而引起嘲笑……許多笑話因此而來。

在說這些含著侮辱和人身攻擊的笑話時……大概也沒想過這些外貌下的人，同樣有著活生生、敏感易傷的人心吧？

好比是肥胖吧，尤其是肥胖的女人。男人會嘲笑著喊她們「恐龍」，略為靠近些就認為這些胖女人會黏著不放，就算她的好朋友守軍，也得三申五令他的高標準審美觀才願意和她為友。

似乎只要是胖女人，就不會有「自尊」、「純潔的愛」、「高尚的人格」，像是外觀的體重就能夠斷言她的內在似的。所以她們是貪婪的「恐龍」，會把男人吃得一點都不剩，造成男人的傷害……跟胖女人在一起的男人就是「龍騎士」，是無可奈何，被逼著和胖女人在一起的。

如果想證明自己內在的價值，就非改變外觀不可。不管過程是不是非常痛苦……因為「胖」總是和「懶惰」、「貪吃」、「沒有自制力」劃上等號。

天知道並不是全部如此……就算這樣也並沒有傷害別人，但是胖女人就是得不到尊重，或者是正常的看待。

我，不是恐龍。為了證明這一點……她幾乎把命都賠上了。

越來越明白，絕麗的月氛會憤怒地想離開人世的緣故。

但是夜兒卻……卻非常喜歡人類。因為……她也是一個人類。或許大部分的人有這種不自覺的歧見和排斥……但也不是人人如此。

最少我不是的。

這番認知讓她變得更柔軟、更溫和，也更有諒解和寬大的心胸。她對每個人都一樣的好，不管他是禿是麻是醜是跛，也不管他的性別是什麼。這樣的溫柔讓她的人緣蒸蒸日上，大家都喜歡接近她。

問題是……她的人心越溫暖，渴求血肉的欲望也隨之熾熱。過度壓抑飲食，讓她夜叉的血緣漸漸甦醒，也和她溫暖的人心起了激烈衝突。

漸漸的，夜兒越來越排斥素食，當她發現不只一次把吃下去的東西全數吐出來，不論葷素，她是有點慌張的。

如果只是單純的厭食症……或許還沒關係。最終不過是讓自己漸漸枯萎死亡，不會傷害任何人。但是她明白，這不是厭食症。

而是……而是她想吃的……想吃的是血淋淋、活生生的血肉。

該怎麼辦好？應該怎麼辦好？她茫然了……

雖然遠志的預言並沒有成真，她卻有強烈的預感。她不過是勉強用意志力將那可怕的一天往後延而已。

但是她卻只能束手無策……的等待那天來臨。

*　*　*

預言第一次失效，其實遠志是安慰的。

雖然每次見到夜兒都比上次還心驚，他實在訝異，這個同族的後代居然有這樣頑強的意志力，不斷抵抗越來越強大的血緣。

她越來越美……但是也越來越妖異。她的妖異已經引來了管理者的注意。這幾天，他發現管理者透過無所不在的電腦在透視整個工業區，他的不安就漸漸升高……

這樣下去是不行的。他發現自己對夜兒的關心已經超過同族之誼了。

身為一個神族的後代，其實他是很寂寞的。

家族對這樣的血緣一直都很自傲，自傲到過頭，甚至自命為神的代言人，許多政要也都知道，所以用盡巴結奉承之能事，這個家族歷代都承受過多的特權和富裕。

只有他知道，真正繼承神能的族人越來越少，許多人都已經是普通人了。到了他這代，就剩下他還有若干能力……就因為如此，他從小就被高高在上的供奉著，卻也比任何人都寂寞。

是人類，卻也同時是神族。他幾乎沒有朋友，所有的人不是怕他的異能，就是恭敬的匍匐。人類如此，妖類也如此。

就只有夜兒和那隻半狐妖可以平等的待他吧？

他不希望，夜兒受到一點傷害，他真的不希望。考慮許久，他終於下了決定。約夜兒出來以後，他很欣慰夜兒已經不怕他了……但是卻因為她幾乎壓抑不住的妖氣擔憂不已。

「……夜兒小姐，妳還是不吃葷食嗎？」他語氣溫和的問。

夜兒用餐巾抿了抿嘴，盤裡的食物幾乎都沒碰。她餓，她非常餓……但是什麼都吃不下。「我吃的。」只是都會吐出來而已。

遠志悲憫的看了她一會兒，「……夜兒小姐，請妳答應嫁給我。」

夜兒猛抬頭，心裡卻沒有半點喜悅，反而陣陣的發冷。她最近已經沒辦法握住遠志給她的護身符了……雖然握住的時候渴求血肉的感覺可以緩和許多。她知道不好了……但是沒想到是這樣的不好。

「……崇先生，你要自己代替我的護身符嗎？」她緊握住手，連手指都發白了。

「不是這樣而已！」遠志難得的忘情，「我、我……我不想看到妳有半絲傷害。最少能夠讓妳好些……我對妳……我對妳一直都……」

夜兒低了頭，良久才微微一笑。「崇先生，我的戀愛經驗非常少，但是我還分得出來什麼是愛，什麼不是。」她的笑容帶著落寞，「我想……你太注重你的身分了。就因為如此，你非常的寂寞。崇先生，你是人類。這世界上的人類非常多，你該敞開心扉……而不是去認同一個遙遠的、虛無縹緲的血緣。我明白你看到我時是怎樣的感受……我也真的很高興有你這樣的遠親。」

她的聲音非常溫柔，卻也很疲憊。「但是我不愛你，你也不愛我。我對婚姻的看法是很神聖不可侵犯的……我不希望你這樣犧牲自己。」

「我並不是……」遠志急急的想說明，卻被夜兒打斷了。

「等你了解什麼是『愛』的感覺，和為什麼『愛』，我們再談這個吧。」她溫柔的拍拍遠志的手，也下定了決心。「如果你念在同族之誼……請你答應我一個要求。」

她臉上的悲壯和異常的平靜讓遠志心驚起來，「……什麼要求？」

「若是我變成妖異……」她的微笑模糊而感傷，「請你殺了我。」

抬頭望著天空，實在是……後不後悔呢？其實，有一點吧？不過不經過這段，她也不能明白，許多事情比外貌和無謂的認同重要。

但是一切都來不及了。

「我是人類。」她輕輕的說，「希望到死，都維持著人類的身分。」

*　*　*

這個禮拜天，回去看看媽媽吧？夜兒心裡盤算著。

當肯定自己的時日不多以後，她突然不再感到惶恐了。每一天都這樣值得珍惜……在還是人類的每一天。

覺得很眷戀，也很懷念那個貌不驚人的自己。那時平凡的自己，是有無數日子可以感受活著的美好的……別人不認同又怎樣？

約會多了也很膩，她對那些阿諛奉承的男人感到疲倦。他們只看外表和條件，並不去體會她是怎樣的人。就算她的心是純金打造的或是蛇蠍凝聚的都沒差，他們要的只是帶出去有面子的女友。

為什麼她會這麼笨，為了這種無謂的虛榮讓自己失去最珍貴的生命，和身為一個人的幸福呢？

「是我自己不好……」她喃喃著，有些自嘲，「誰讓我自己淺薄呢？」

「別人」，也就只是別人而已啊。他們說些什麼、做些什麼，都只是口舌之快而已。真實活出人生的，是我啊！這是我的人生，為什麼要屈服於別人的口舌和目光？

每過一天，她人類的特質就薄弱一分，夜叉的嗜血就多一點點。她沒辦法再進食了……的確，她的身材真是標準中的標準……一六五公分，四十八公斤。

但是她飢餓到每一滴血都在沸騰。

「妳的臉色很難看。」守軍擔憂極了，「妳不是不吃素了嗎？」

「我吸收得不太好。」夜兒若無其事的回答。

「瘦成一捆柴，我一點都不覺得好看！」守軍只覺得心不斷滴血。

「……這也不是我願意的。」她依舊溫柔的回答，瞅著守軍好一會兒，她溫柔的、輕輕的抱了他一下，「謝謝你一直為我擔心。」

他愣了一下，想要回抱她，夜兒卻默默的退到陰影裡。

「呵，現在不是被恐龍輕薄了吧？」夜兒輕笑，「我回去上班了。」

夜兒的身影在陰影中，像是模糊了起來，要融於漸漸昏暗的天色中。守軍突然喉頭緊縮，像是再也見不到夜兒似的。

「夜兒！」他衝著背影叫著，想要追上去，卻被同事抓住。

「要追女生下班再說吧。」同事不由分說的拖走他，「要開會了……幹嘛？怕她跑了？拜託，你們天天黏在一起，還怕沒有見面的時候嗎？」

他抹了抹臉，知道自己反應過度。但是一種不祥的驚恐，卻一直在心裡迴旋不去，緊緊纏繞著。

8

差十幾分鐘就要下班了，但是天氣非常的悶，烏雲密布了一天，遠處有隆隆的雷，卻一滴雨也下不來。

很悶，非常悶。

夜兒一直在恍神，她知道自己的狀況不太好，一直緊緊的握著護身符不放。不要是今天不要是今天……她不斷頑強的掙扎，不要是今天……

但是她的五感卻越來越強烈，她聽得非常遠、看得也非常遠……已經超過她的極限了。喉頭緊縮，肺部乾渴到每呼吸一口氣，都像是吸入一口炭火。

她對洶湧的嘈雜和不斷湧入的感受無能為力，她甚至聽得到兩尺外的所有心跳和血管竄流的生命力。

甜美的血、甜美的，生氣蓬勃的肉。

她沒辦法再壓抑下去了。

用力的咬住下嘴唇，更用力的握住護身符。我是人類……我是人類。我不能這樣就被打敗了……我是人類。

「夜兒，妳臉色很差。」同事看了看她，「妳先下班好了，我幫妳打卡。」

她滿懷感激的站起來，昏眩的。她得快快離開這個充滿人的空間，她快控制不住了……

正在疾步走時，她不知道為了什麼停下腳步。有種細微的、像是拍翅的聲音吸引了她。她睜圓眼睛……

不是沒有看過異象，但是從來沒有看得這麼清楚過。無數拍著模糊黑翅的「生物」，一起飛向一輛開進公司的大卡車，她知道那是化學原料，準備送到工廠的。

但是那輛車幾乎形體都不見了，只看得到無數模糊的翅影。

「不要！」她尖叫了起來，幾乎是同時，那輛大卡車毫無緣故的失控，筆直的撞向堅固的牆壁，然後後彈，翻覆，一切都像是電影慢動作一樣。

「不要不要～」

她衝向前，卻被路過的守軍一把纂住，「夜兒，別過去！」他也心驚肉跳，這些物料有部分要送到實驗室，所以他才出來接貨的，「油箱漏油了，會爆炸啊！警衛！警衛！」

「他還活著啊！司機還活著啊！」夜兒尖叫，甩開守軍，她不畏開始瀰漫令人頭昏腦脹的化學原料，衝到狼藉一片的車禍現場。

「……妳怎麼知道？」守軍呆掉了，他看著夜兒像是道閃電飛馳而去，為什麼這樣嘈雜喧鬧的環境裡，她會肯定司機還活著？

在哪裡？你在哪裡？她從來沒有看過生命在她面前流逝，恐懼不斷的升高，你到底在哪裡？黑翅奪走了你嗎？

為什麼我來不及阻止？為什麼？我明明就看得到啊！

「救命啊……救救我……」滿臉是血和淚的司機被車頭壓住了腿，微弱的呼喊，「我還不想死啊……」

夜兒扶起他的頭，心跳像是擂鼓似的在她胸膛凶猛。車頭太重了……沒有吊車是抬不起來的。但是沒有時間，沒有時間了！

「我不想死……」司機絕望的拉住她的袖子，「小姐求求妳……家裡我還有老婆小孩啊～」

大家都不想死，大家都想活下去……他，他也是我的同族，他也是有血有肉的人類啊！

「……我是人類。」夜兒的淚緩緩的滑下臉頰，「不管是什麼形體，我都是人類……我會救你，我一定要，一定要救你……」

如果我轉頭離去，誰也不會怪我。但是我從此就拋棄人類的身分了。

夜兒發出悲哀的怒吼，第一次呼喚自己遙遠的血緣。她用力扳住火燙的車頭，一面發出讓玻璃咯咯作響、令人發冷的長嘯，一面恐怖的變化形體。

她美麗的套裝在怒賁的肌肉下破裂了，額頭冒出長長的角，破皮的地方不斷流血，指甲化成長長的爪子，身上也出現了大片大片的毛皮。現在的她已經完全不像是個人了，而是個悲傷的夜叉，不斷的流出血淚，發出如雷的吼聲，驅趕著不祥的黑翅。

那憤怒猙獰的相貌，像是天上的鬼神一樣。

「走開！通通走開！」她對著無形的黑翅大叫，「通通給我滾！」

好餓……我好餓……在明與不明之間，她的意識也昏沉了。她只感到無限的飢餓感爆炸開來，攻擊著初變化而飢餓欲狂的夜叉身體。

「我不想死啊！」司機的哭叫讓她的神智恢復了一下，油箱漏出來的油已經快要抵達燃點……但是只是變化形體，她就快要無力動作了。

「我一定救你。」她絕望而平靜的說，雖然她聽到無數厭惡恐懼的低語和尖叫。真是個最糟的時間，不是嗎？為什麼在下班時間發生呢？多少人看到她的樣子……

她脆弱的心終於碎了。「我一定救你。」她張開滿是獠牙的嘴，惡狠狠的咬向……

咬向自己的手臂，甘甜的血奔流入喉，鮮美的肉像是毒品般緩和了所有的痛楚，全身洶湧著快要爆裂的力氣。

大喝一聲，她將幾噸重的車頭抬了起來。就在這個時候，她聽見自己的手臂和腿骨發出細微的破裂聲。

她繼承了夜叉的血緣，卻沒有繼承夜叉堅毅的肉體。長期的飢餓已經磨盡了她身體最後的精力，衰弱得像個嬰兒。這猛然的巨擔像是折斷火柴棒似地弄斷了她的骨骼。

來不及了嗎？連這個人都救不到嗎？

「夜兒快走！」守軍衝了過來，一把拖起奄奄一息的司機，「快爆炸了，快走啊！」

她獰惡的臉短短的微笑了一下，拚起最後一絲力氣，攬住守軍和司機。快來不及了，黑翅越來越多，她趕不走，她趕不走啊……

轟然一聲大爆，整輛車炸了個粉碎。她護著這兩個人，被氣流衝了出去，後背傷痕累累的插滿了玻璃碎屑和鐵片。

她是救了這個人。也算……對得起自己的人類身分。

意識一直很清醒，只是再也動彈不得。她感到很安慰……同事很快的救走了這兩個人……但是也很悲哀。

因為他們只救「人」，卻沒有人靠近她一點點，就任她趴在地上，衣不蔽體的，幾乎將身體的血都流盡。

不過……守軍還是叫了我的名字呢。而且……就算到這個時刻，我還是人類，我是個……可以安心闔眼的人類。

我真的是個人。

＊　＊　＊

等遠志趕來時，他感到濃重的悲哀和憤怒。

救護車和救火車都來了，整個脂艷容鬧哄哄的。但是人群卻退出一個大圈，指指點點的，惡意的竊竊私語恐懼的蔓延著。

指指點點的，對著拚出自己的命救人的夜兒。她依舊衣不蔽體的趴在地上，動彈不得。

「你們，」他冷冰冰的擠開人群，冷眼看著像是在參觀馬戲團的人們，「你們就看著她躺在這兒，沒人送她去醫院？」

「她是妖怪！」有人叫了出來，嗡嗡的嚷叫傳了起來，「好可怕，好噁心喔……」、「搞不好是她把車弄翻的……」、「真恐怖，沒想到她是妖怪……」、「我早就覺得她怪怪的……」

「你們才是妖怪。」遠志脫下自己的外套，裹住夜兒，抱了起來，「你們才是披著人皮的妖怪。你們的心，才令人作嘔。」

他的聲音不大，不知道為什麼，每個在場的人卻都聽見了。想要反駁，卻覺得心虛，反而一一低下了頭。

遠志從來沒有這麼討厭人類過。

將滿身血污的夜兒抱進車裡，他終於忍不住，流下了眼淚。

＊　＊　＊

第二天，月氛就聽說了昨天的意外。

她接到同事寫給她的e-mail，愣了好一會兒，馬上打電話回去問。等聽到同事們搶著告訴她的事實時，她的憤怒爆炸了。

「你說，她躺在地上快十分鐘，才讓崇遠志送去醫院?!」她甜美的聲音都變了。

「她是妖怪啊！月氛，妳沒看到不曉得，恐怖啊～不是特效喔！她真的變成像是鬼怪一樣，一下子就把車頭抬起來了！誰敢靠近她啊？搞不好讓她一口吃了！我早就覺得她怪怪的，果然是恐龍，真的會吃人的……」

「真正會吃人的是我。」她的聲音森冷了，「我才是妖怪，看我把你們這些無恥的人類吃得一個都不剩！」她摔了電話，憤怒得想要打殺眼前每一個愚蠢的人類。

「我要回國。」她直接衝到主管那兒丟假單。

「不行！」主管愛上這個神祕的美女，巴不得把她留在美國，「小月月，妳還得在這兒待上一段時間呢……」

「那好，我辭職。」她把假單搶回來，「違約金什麼的，請寄到我台灣的家裡。」

她的憤怒已經到了頂點，這個無聊的人類最好別再觸怒她。她連行李都不收拾了，就抓了錢包直接到機場，焦躁無奈的等待飛機。

等她盡快趕回國，距離意外已經三天了。

她強忍住淚，先跟崇遠志取得連絡，就筆直往醫院去。夜兒媽打開房門，正好跟她面面相覷。

「……我來看夜兒。」她勉強壓抑住哭音。

夜兒媽憂愁的看了她一眼，「……幸好妳今天來，不然夜兒要出院了。」她靜默了一會兒，像是鐵塔般的堅強女人居然哭了，「……出意外到現在，妳是第二個來看她的人。」

月氛幾乎掌不住，還是勉強把哭聲壓在嗓眼裡。走進病房，夜兒躺在雪白的床單裡，顯得分外的瘦小。

她的額頭和皮膚都還有裂開的傷痕，那是變身後的後遺症。但是本來圓呼呼的夜兒……現在卻像是枯萎了一樣，毫無生氣的躺著。

「幹嘛一副要死的樣子？」月氛的聲音變了，她還是盡力歡快點，「還變得回來算妳運氣！就跟妳說過了……妳不可以吃素。說也說不聽，現在……現在……」

她真的忍不住，哭了出來，「現在又何必管那些無恥又無聊的人類？以後看妳敢不敢?!妳就是夜叉，就是妖異！為了救那些低等的人類，妳看看妳把自己弄成什麼樣子……」

「……我是夜叉，這沒錯。」夜兒緩緩睜開眼睛，她連眼角都破裂了，看起來像個飽受折磨的娃娃，「但我也是人……我沒有後悔，真的，我沒有後悔……」她哭了起來，好不容易結痂的眼角被淚水沖開，混著血，在臉上蜿蜒著淚。

她和月氛抱頭痛哭，心裡雖是一片空虛，卻也清明無比。一生都為了「認同」而苦痛，直到如此大難，她才明白了自己的定位。

她，再也不想否定自己。

不管別人怎麼看待，她就是她，不管是夜叉，還是人類，她都當得無愧於心，夜裡可以安眠。

她終於掙脫了這個無謂的枷鎖了。

* * *

夜兒媽決定帶著夜兒離開都城，多年經營的小包事業轉給夥伴。

「我做夠了。」夜兒媽聳聳肩，「做了這麼多年，我也算存了筆錢。」她心裡有點作痛，那本來是要給夜兒當嫁妝的。但是發生這樣的事情……夜兒在都城是生活不下去的。竊竊私語的恐懼會終身尾隨在她身後。

「反正我們在玉里還有塊地，開始養老也不錯。」

王叔叔卻沒有接下夜兒媽的事業，反而默默的先到玉里買地蓋屋，「……我想也該養老了。夜兒都這麼大了……大姊，我還是跟著妳的。」

「老王，你不用這樣。」夜兒媽有點不安。

「……我習慣跟著大姊了。」王叔叔黧黑的臉發紅，「當鄰居也不壞，別這樣，大姊，我吃慣大姊做的菜了。」

夜兒對夜兒媽的決定沒有反對。她只是默默的收拾行李。她的身體恢復得很快，急急的離開醫院也是因為這樣……太不自然了，醫生有些起疑了。

離開都城是個不錯的選擇……雖然她還抱著小小的希望。

但是一天天的等下去，越等就越失望，而失望漸漸累積成絕望。

守軍不會來了。

即使搬家的最後一天，她還是頻頻回頭。直到貨車已經將所有的東西都上車，她才死心的坐入王叔叔的車。

讓一切都有個結束吧。

其實，她該感恩不是嗎？她變身過了，卻還變得回來。掙開心鎖後，她也終於可以恢復飲食，對於血肉的渴望漸漸的淡了……雖然體重也跟著回升。

這一切，她都可以接受。

最重要的是，她還活著，還能感受清風拂面，還可以跟親愛的母親在一起，她也不是失去所有的朋友……月氛和遠志一直都是她的朋友。

她擁有的，比皮相的美麗還多很多很多。

再望一眼都城，他們的車，漸漸駛離。這美麗又污穢的城市，還是蒙著一層迷離的黃霧，撒遍眾人的燈火宛如寶石。

以後她再想起這個都城，心裡流淌的卻不是怨恨。而是思念、纏綿和一絲絲的惆悵。

當然，還有一些坦然。

遠去玉里以後，閒不住的夜兒媽和王叔叔除了照顧自己的田地和菜園外，又買了鐵牛和插秧機，到處幫人幹活。這個少有年輕女子的鄉下，倒是相當歡迎夜兒。她讓鎮公所雇用了，雖然是臨時僱員，卻管了鎮裡唯一的圖書館。

日子靜靜的流逝，偶爾遠志和月氛會來看她，就算是生活裡面少有的大事了。但是她是多麼珍惜這樣的平淡。

她恢復了未減肥時的體重和外貌……不過，她現在會稍微打扮化妝一下，為的是禮貌，而不是美貌。

遠志又來看她時，覺得很欣慰。或許她已經不復減肥成功後的美麗，但是另一種沉穩而知足的靜謐，讓她顯得像是溫潤的珍珠。

看她溫柔的在田埂緩行，享受著流蕩的清風夕陽，他不禁覺得夜兒離開那個污穢的城市是對的。城市太擁擠，連心都困守到狹隘污濁了。

「遠志。」夜兒終於發現了他，微笑的招手。她把頭髮挽成一個髻，插著一根典雅的木釵，圓圓的臉柔和許多，穿著有中國風的衣裳。長裙緩緩的飄動，和阡陌間的草花相映碧綠。

「怎麼沒先說？我好去接你。」她笑著迎向他，握了握他的手。

「計程車也很方便的。」遠志對她笑笑，「……有人託我拿這個給你。」遞了封信給她。

夜兒疑惑的打開信，名字很陌生，她沒見過。「這是誰？」

「讓妳救了性命的司機。」遠志摸摸鼻子，有點想笑，「他傷得很重，住院住了很久……等能起床就到處找妳。不知道誰跟他說的，找到我那兒去，千求萬懇的要我告訴他『仙女小姐』的地址。我不告訴他，他就拜託我轉這封信。」

坦白說，字很醜，文筆也真的爛得出奇。但是這個質樸的人類卻在期期艾艾的字裡行間，想盡辦法要告訴夜兒他所有的感激。

……仙女小姐，沒有妳救我，我沒有女兒出生。她也叫夜兒喔。要不是老婆說人還沒怎樣不可以亂拜，我真想早晚三柱香謝謝妳……妳一定是觀世音派來救苦救難的，仙女小姐，我謝謝妳謝謝妳，謝謝謝謝……

夜兒鼻頭有些發酸，勉強忍住，「這沒什麼，叫他不用多禮。」

「我可以看嗎？」遠志問。

夜兒遞給他，他默默的看完，「……突然覺得，人類沒有那麼令人討厭了。」

「怎麼這麼說？世界上的人類本來就有各式各樣的。」她倒了杯茶給遠志，「我還是很喜歡人類，很喜歡很喜歡。」

遠志望著她好一會兒，躊躇著要不要告訴她。畢竟……他還是有私心的。但是……他不管多麼喜歡這個善良的夜叉，卻脫離不了「朋友」的身分。

如果她能幸福……那就好了。

「……還有一個人，想要知道妳的消息。」他把信遞給夜兒。

「還有誰？」夜兒細心的把信收起來。

「袁守軍。」

這個名字讓夜兒僵住了，她臉孔馬上變得蒼白，眼睛轉向別處。「……留下來吃飯吧。我先去做飯……」

「他找妳很久了。」

夜兒沉默好一會兒，「……等我一下，六點我們就開飯。啊，我媽媽回來了……媽，遠志來了……」

看著夜兒像是逃走似的跑掉，遠志反而覺得蕭索起來。

仗還沒打，他已經輸了。

9

午休時間到了。夜兒輕輕的站起來……雖然圖書館沒有半個人，但她還是輕手輕腳的，把手上幾本書歸位，緩緩踱出圖書館，輕輕的把門關好，鎖上。

這個農業為主、人口外流嚴重的小鎮，除了學生，是很少有人會來借書的。現在孩子可以做的事情太多，大部分的時間都讓教科書弄得窒息，少有的休閒娛樂看看漫畫打打電動就不夠了，不太有人會來到這個偏僻的小圖書館。

但是最近……卻常有年輕的農夫往這兒跑。她有些無奈的笑笑。

她不是不能諒解……這些少數留在小鎮的年輕人，想要討老婆真是越來越難了……她不過是個管圖書館的臨時僱員，長得又不怎麼樣，但是在質樸的農家人看來，她這個大學畢業，管著一屋子書，好像「很有學問」的年輕女孩，已經是很好的啦！

夜兒圓呼呼的身材，在老人家眼裡正是當媳婦的上好人選，「屁股大卡會生」，他們老是喜孜孜的對她笑，「臉大四正才有福氣」，這也是他們善良的評語。

重要的是，這樣大城市來的女孩，卻一點驕氣也沒有，一有空閒，就幫著夜兒媽到處幹活，什麼苦都能吃，用大灶煮飯也是一學就上手，總是笑瞇瞇、客客氣氣的，讓人看了不得不生愛。

出得廳堂、入得廚房，這樣的媳婦兒哪找？老人家催促著，年輕人也羞澀的愛慕她的溫柔穩重又懂事，當然沒事就往圖書館跑，巴望著多跟她說句話。

這些夜兒不是不知道，雖然有些啼笑皆非。相隔百里，其風各異。她在都城被嘲笑侮辱，在這小鎮卻受盡尊重愛護，甚至是她不想要的愛慕……

她並不是討厭這些年輕人，也很樂意在小鎮一直生活下去……但是說什麼都不想結婚了。

並不是怨懟父母，也不是自慚形穢。她已經找到自己的定位，不再介懷別人的目光。只是……夜叉的血統到她這兒就該停止了。她不捨得她的女兒，和女兒的女兒……承受她走過的苦楚。

她愛孩子的，非常非常愛。就因為很愛，所以才不忍心她們來受苦。

這個小鎮……只是抗拒世界潮流的避風港、桃花源。離開了這裡……妳讓這些女孩兒怎麼過日子？

她不願意結婚生子。或許是這樣的心情……所以遠志告訴她，守軍拚了命的在找她，她只能選擇躲避、當作沒聽見。

守軍只是習慣她的存在而已，畢竟他是個這樣善良長情的人，就算看到夜兒的變身也喊了她的名字。但是守軍是該繼續追他的美女，開開心心的……總有一天會讓他追到才貌兼具的可愛女人，成家立業，生下幾個孩子……

而不是來找她。

「妳躲得開一時，能躲過自己的心一輩子嗎？」遠志要回去前，憂愁的看著她。

對於這個宛如兄長的族人，她是充滿溫暖的感激的。夜兒卻什麼都沒說，只是輕輕擁抱他，「……路上小心，不要使用太多能力了，身體要緊。」

她沒辦法回答，也不想回答。

但是……她的確躲不開自己的心，也管不住。即使這樣騎著腳踏車漫行時，她卻遏止不住的思念那個嘴巴很毒、線條很粗的男人。

鎮上都是認識的人，大家都友善的打招呼。瓦斯店的老闆熱情的喊住她，塞了一盒喜餅給她，「幫我帶回去給妳媽媽啦！我家小女兒要結婚了！」

她笑笑的接過喜餅，那個臉上布滿青春痘瘢痕的準新娘羞澀的笑了笑。夜兒知道她準備嫁給誰，那是個很好的人，很勤懇的種了兩甲地和一座山。他們是在皮膚科認識的，那個準新郎也有滿臉的青春痘瘢痕。

小鎮沒有任何祕密……她提著喜餅，不知道為什麼心情有點沉甸甸。

青春痘……似乎不是什麼嚴重的毛病，但是他們兩個長到像是被毀容似的，滿臉都是紅豔的瘢痕。為什麼他們這麼勇敢，還想要結婚呢？萬一遺傳到孩子怎麼辦？

她不懂。

習慣性的穿過整個小鎮，一直騎到堤防。翻過堤防，整個秀姑巒溪娟秀的在她腳下潺潺而過。

這是她每天的固定行程。她愛這泓清亮的溪水，更愛站在溪邊望著自己倒影的芭樂叢。總是有酸甜的芳香飄揚著，累累的結著熟黃的芭樂。午休一到，她會騎十五分鐘的腳踏車到這兒吃便當，凝視著溪水潺潺，歲月就這樣安靜的過去。

其實，第一次到溪畔，她就察覺芭樂叢有「靈」。自從和月氛與遠志成為至交以後，她對「移民」、「有異」已經不再抱持著排斥的態度。而這株有趣的芭樂叢散發著友善的香氣。

倒是稀奇的，她第一次看到自生自長有靈的妖異。但是這株芭樂叢的氣這樣溫和甜蜜，像是散發著愛情的甜美似的。

「妳是女生吧？」夜兒對著「她」說話，「而且是很溫柔的女生。」

芭樂叢低吟著，緩緩款擺著青翠的枝枒，像是點頭同意。

「妳的主食除了陽光空氣水，該不會還包含甜蜜蜜的愛情吧？」夜兒笑，「這是個溫柔的地方，許多人的戀情都在這邊註冊。」

一顆黃澄澄的、熟透的番石榴自動掉到她裙襬，像是溫柔的放下。夜兒往後靠著樹幹，感到光滑的樹皮下有著溫暖流動，連她的心都隨之暖烘烘的，「請我吃？妳太客氣了。」

吃著讓陽光曬到微暖的番石榴，她和這株神祕的芭樂叢建立起一種了然於心的友誼。

這天，她還是來這兒吃中飯，只是有些恍惚。

「……妳知道嗎？思念是很無可奈何的事情。」夜兒的臉上有種傷感卻模糊的柔，「在那個人身邊的時候，妳不知道他有多重要。就跟陽光般，天天曬著太陽，感受不到他的好。只覺得陽光這樣熾熱、讓妳全身汗黏黏，曬得頭昏眼花，巴不得太陽趕緊下山……但是太陽再也不升起的時候，妳才知道，那種熾熱是多麼重要……」

她頰上蜿蜒著淚，映著波光閃閃，唇角卻是軟軟的笑，「但是只要他在他的世界好好的，我不在乎我的生命有沒有陽光再升起……」

再也不見也沒關係。只要你幸福就好了……

芭樂叢青翠的葉片滑下許多露珠，像是陪著夜兒垂淚一般。

＊　　＊　　＊

這死女人跑哪去了？

守軍怒氣沖沖的捶了牆壁，神情很陰沉。同事們知道他最近跟火藥庫似的，都摸摸鼻子，離他遠一些。

他摸了摸膝蓋，還是有點兒疼。那場意外雖然有夜兒的保護，他還是讓巨大的氣爆衝擊到骨折，還昏迷了數日。等他清醒以後，想要找夜兒……

就聽到了許多難聽的傳聞。他氣得差點跳下床跟人打架，要不是裹著該死的石膏的話……

「你不怕?!你一點都不怕？」被他的怒氣嚇得貼在牆壁的同事嚷著，「她是妖怪欸！你不是親眼看到了？她額頭冒出角，全身隆起肌肉像腫瘤……」

「給我閉嘴！她救了人欸，她不要命的救了人欸！」守軍吼得整層皆響，「她才不是妖怪！那是集體歇斯底里症候群啦！也搞不好是化學原料惹的禍，大家都產生幻覺了……」

「那你怎麼解釋她抬起幾噸重的車頭?!」

「她太善良了啊！善良到腎上腺素全數開動啊～」守軍破口大罵，「什麼時代了，會有妖怪?!你們趕緊去看精神科吧，一群神經病，沒血沒淚的神經病！」

但是沒人幫他連絡夜兒，家人聽了傳聞，也頗畏懼，死也不幫他打電話。他又被困在病床上動彈不得……

等他能夠撐著枴杖去打電話時，夜兒的手機已經停用，連家裡的電話也停了。他呆掉了，癱在公共電話邊無力站起……

他從來沒想過，他和夜兒的連繫居然這麼薄弱……薄弱到住院就斷線了。他不知道夜兒媽住在哪裡，也不知道夜兒離開了脂艷容會去哪裡。

茫茫人海，他要去哪裡找尋？

沒等拆石膏他就出院了，發瘋似的掐著人事部主管的脖子，硬搶來了夜兒的戶籍地址……

但是等他趕到夜兒媽的家時，早已人去樓空。

她們搬走了，卻沒有變更戶籍地址，他真正失去了夜兒的蹤影。

這個笨女人一定是哭著走的，一定是的！那麼大的個子，心卻脆弱得跟玻璃一樣。豁出自己的命不要，硬從災禍中搶救人命，得到的卻是這樣的恐懼和痛苦……

聽說那個裝模作樣的崇遠志來之前，她就這樣無助的躺在地上，沒人送她去醫院……

「他媽的，他媽的！全是一群沒血沒淚的神經病！」他焦急的心都要燒了，發生在夜兒身上的事情，比他斷腿還痛苦百倍……

崇遠志?!對呀，是他這個公子哥送夜兒去醫院的……

他跛著還走不太穩的腳，急吼吼的去找這個大老闆。當然，他也被擋在大門外，就算他氣得大跳大叫，還是不肯讓他上去找大老闆。

沒關係，架子大如天是吧？我等，我就等！

他咬牙切齒的去崇遠志的車子旁邊等了一整天，一直等到他下班走向車子。

「夜兒呢?!」他根本懶得跟這個裝模作樣的傢伙多囉唆，一把揪住他的領子。

崇遠志不動聲色的將他的手一格，「……夜兒很好，她身體上的傷都好全了。」就不知道心靈的傷痕幾時會痊癒。

「我要知道她的下落！」守軍已經完全失去耐性了。

「我不能告訴你。」遠志冷靜的望著氣到要爆炸的守軍，「你以為你看到的是幻象？抱歉，不是集體歇斯底里，也不是化學原料造成的幻覺。你看到的……是真的。」

守軍張目結舌的看著這個帥哥，嘴巴驚訝的成了一個O型，「……你……」

「對，我跟她是同族。」遠志若無其事的看著他，目光很冷漠，「她可以變化成你看到的……鬼神。若是恢復本性，說不定會渴望血食。你還想找她嗎？」

遠志去了偽裝，額上微開的天眼透出燦爛的金光。

守軍倒退一步，臉孔蒼白起來。那、那是真的……夜兒真的是……真的是……本能的恐懼立刻升了上來。

但是另一種情感、另一些回憶，卻迅速的打滅這些恐懼。

夜兒溫柔而無奈的神情，吃飯時快樂的表情，面對素食一掠即過的深刻痛苦，充滿耐性的專注傾聽……

我們在一起，那麼、那麼久了……這幾年，她總是陪伴在身邊，像是空氣一樣，那麼自然，自然到他自己以為不在意，但是失去她……

他會窒息。

「……我還是要找她。」守軍語氣軟了下來，幾乎是哀求，「請你告訴我她的下落。」

崇遠志看了他一眼，默默的開車走了。

但是這男人跟牛一樣頑固。從那天起遠志就沒安寧的日子過了。不是說他硬闖辦公室，只是守軍一下班，就匆匆的來停車場等，非常耐性的、無聲的懇求。

「你明明會怕她！」沉穩的遠志終於發怒了。

「怕一定會怕的，我之前又不認識妖怪！」守軍嗆回去，「但是沒她我會死啊！」

遠志氣得發呆，夜兒是眼光哪裡有問題，怎麼會愛上這種無腦兒……淺薄的、衝動的、搞不清楚自己在想什麼的無腦兒！

「我轉告她看看。」遠志回答得很勉強，「若是她不願意，說什麼我也不會告訴你的。」

結果遠志說，夜兒不願意。

守軍反而不發脾氣了，沮喪萬分的回去宿舍，悶聲不吭。這笨女人搞什麼鬼？不就是、不就是妖怪嘛！又不是沒看過，需要這樣躲起來嗎?!

仔細想想，也沒很恐怖啊！就是有角、有爪、有皮毛，表情凶了點而已嘛。看她那張醜臉看那麼久，早就習慣了，再醜一點又沒有差！看得更久一點不就沒感覺了。

「妳豬啊！妳根本就是頭笨死的豬啊！」守軍對著牆壁吼叫，「我認識妳的時候，妳是美到哪裡去?!還不是看這麼久了……妳幹嘛躲我呀？妳幹嘛躲著我呀……」他抱住頭，突然好想大哭。

男人是不可以哭的……男子漢是流血不流淚的！他猛然一捶牆壁，捶到拳頭出血，想哭的感覺才壓抑下去。

開玩笑，妳怎麼可以單方面說不見就不見啊?!好壞也當面給我個痛快啊～

「妳不要想說發完好人破天令就算了！妳非給我收回去不可！」守軍重新振作起來，咬牙切齒的開始翻通訊錄。他記得黎月氛為了夜兒氣到辭職，之前的通訊錄似乎有她的手機號碼……

響了很久，久到他不耐煩了，結果月氛沒接手機，切到語音信箱。他有點氣餒，卻下定決心一定要找到夜兒。只要還有一點點希望他都不要放棄。

「我非要妳把好人破天令收回去不可！」他對著手機大叫。

「原來她發好人破天令給你呀？」手機那頭突然響起聲音，把守軍嚇了一大跳。

……為什麼語音信箱會有人回答？「喂喂，妳是黎月氛嗎？」守軍用力抓著手機大叫。

「梨？我呸，那種甜斷腸子的水果能吃嗎？」信號非常微弱而嘈雜，像是收訊不良似的，但是憤怒的語氣卻傳達得很清楚，「我才不是什麼梨！」

守軍呆了一會兒，低頭確定號碼，沒錯啊。「……小姐，妳這兒是……」他念了一串號碼，「我打錯了嗎？」

「應該沒有吧。」聲音馬上轉歡快，「好人破天令？夜兒發超級好人牌給你是嗎？」

……她認識夜兒！只要認識就行了！「小姐，妳認識夜兒，妳知道她的行蹤嗎？」守軍的掌心不斷沁出汗。

「知道啊～」手機那頭咯咯嬌笑，「五分鐘前她跟我吃過飯了。」

守軍猛然站起來，一陣暈眩，險些一頭撞到牆壁上，「……她在哪？她到底在哪?!我我我……我想找她，我要找她！」

信號斷了。

「媽的！他媽的！」守軍暴跳如雷，「靠妖啊，什麼時候不好斷，這個時候斷?!」他開始吐出一串髒話，流利的程度令人歎為觀止。

他努力撥號想要打過去，偏偏一直電話中。他心焦如焚，把手機的祖宗十八代一層層的問候上去。

（這位先生，手機最好有十八代祖宗啦……）

正滿肚子火氣，房內的室內電話居然響了，他沒好氣的拿起來，「喂！」

「你媽媽沒教你不可以罵髒話嗎？」嬌俏的聲音訊號依舊很差，但是卻差點讓守軍的下巴掉下來。

是……是她。是那個批評梨子甜斷腸子的神祕小姐！

「妳怎麼……妳怎麼知道我的電話號碼的？我剛剛是撥手機的欸?!」

「因為我神通廣大。」那聲音非常的神氣，「要查到你的電話不過是小事一樁。只不過我經過層層轉接，所以訊號差而已。你都不知道跳過多少芭樂樹才接到這兒。沒事住那麼遠幹嘛？我轉接得好辛苦……」

芭樂樹？這是啥？頭昏腦脹的守軍緊張兮兮的抓著話筒，「小姐，都不重要啦！夜兒呢?!」

「就跟你說她剛跟我吃過飯，回去啦。明天她還會來的……」

守軍開始欲哭無淚，「……那麼小姐，我請問妳在哪？」

「廢話，」嬌俏的聲音似乎覺得他很笨，「當然是我家啊！」

……救命啊，哪來的外星人啊～溝通這樣的困難……

「請問……」守軍開始帶著哭聲，「請問妳在哪個縣市？」

「你問這個啊？早說咩。」嬌俏的聲音歡快的回答，「花蓮縣啊。」

……花蓮縣這麼大，妳是要我去哪裡海底撈針……

「住址！我要住址！」他終於快發瘋了。

「嘻嘻，不告訴你。」嬌俏的聲音笑起來，「好女孩不可以隨便給人家住址的。」

……讓我死吧～別阻止我，讓我死吧～「小姐～」他吼了起來。

「好啦，知道了。不就是要夜兒的住址嗎？」嬌俏的聲音充滿企盼，「只要你回答我一個問題，我就告訴你夜兒的住址。」

感謝上蒼，外星人偶爾也會開竅……不要說一個，一百個也回答，「只要妳給我夜兒的住址！」

「問你唷，你覺得什麼水果跟愛情可以搭上邊？」

水果？愛情？哪來的外星人……「……水蜜桃吧。」

「還有呢？」話筒那邊的聲音一沉。

「櫻桃？香蕉？蘋果？……」守軍急得要抓狂，他連珠炮似的念出所有的水果，「小黃瓜?!」

「小黃瓜是水果嗎?!」換神祕的小姐氣得抓狂，「而且，小黃瓜跟愛情有個鳥關係?!」

「『愛情動作片』不都這樣演？用小黃瓜代替鳥啊！」守軍對著話筒大吼，他已經急到語無倫次了。

「……夜兒那麼聰明，怎麼會愛上你這沒腦的傢伙？」神祕的小姐發怒了，「答錯了，再見！」

夜兒愛我？他愣了一下，「喂喂喂，妳別掛電話，別以為妳是女人我不敢扁妳，香蕉妳個芭樂……」

「香蕉就不用了……你不是知道答案嗎？」神祕的小姐突然心情好轉，「雖然笨，還算有那一滴腦漿啦。我告訴你夜兒白天應該在哪。」她嘻嘻一笑，「你到玉里鎮上唯一的圖書館找……還有啊……想扁我？來啊！最好是扁得到啦～」一陣狂笑，電話斷線了。

……非好好說說夜兒不可，哪兒找來這種外星人當朋友?!

他氣急敗壞的開始穿衣服整理行李，心裡卻冒出一個疑問。什麼水果跟愛情有關係啊？為什麼他莫名其妙的答對了？真是百思不得其解啊……

算了，別試圖了解外星人的思考模式。最重要的是……他有夜兒的下落了……

「妳一定要把好人牌收回去。」他喃喃自語，堅毅的提起行李袋。

10

「奇怪？」月氛咕噥著，敲了敲手機。「剛買的啊，怎麼雜訊這麼多？」

剛剛她想撥出去，卻一直聽到嘟嘟嘟的聲音，像是佔線中。搞什麼啊？

月氛媽卻連眼皮都懶得抬，沒好氣的說，「我說女兒，半狐妖要當到像妳這麼沒天分的，還真是難得。」她不禁抱怨了起來，「我們家可是比夜叉那族的血緣濃厚多了，起碼也和真狐妖通婚過幾代。妳除了臉蛋像，裡頭哪點像啊？真可憐喔，我們的天賦到妳這代就完蛋大吉……」

啊？「媽，妳在說啥？」月氛乾脆重新開機，耶！終於可以撥出去了！

月氛媽哀怨的嘆口氣。笨女兒，有「人」利用妳的手機當跳板連繫啦！這麼重的酸甜芳香都感覺不出來，真的沒救了……

妳看人家夜叉家的女兒多麼有天分，平平都是半妖，為什麼我們家的特別沒用……

月氛媽真的好想哭。

*　　*　　*

守軍風塵僕僕的到了玉里，緊張到有點手軟。要怎麼跟她說？一定不可以凶她，她敏感又脆弱，跟外表是天差地遠的……讓她生氣了，再絕交一次……

他真的會受不了的。

忐忑的上了計程車，忐忑的說出目的地，心裡不斷的盤算到底應該要怎麼說才好……就說，「妳是我的空氣。」不行，聽起來太噁了。「妳怎麼不跟我連絡，妳知不知道我好擔心？」不成，太凶了……

「先生，先生。先生！」計程車司機扯開嗓子，「先生啊～到了啦！」

「呃？啊！怎麼就到了？我還沒有心理準備……」守軍慌張的站起來，頭頂狠狠地跟車頂親密接觸。

啊就只有兩公里，你是要我開多久？「……別把我的車頂撞壞啦。一百塊，謝謝。」司機接過鈔票，看到他像是遊魂似的跨出車子就要走，「靠！先生！你是有魂沒體喔？找錢啊～我還要找你九百塊啊！」

守軍愣愣的接過錢，腦子亂成一團，就這樣呆呆的握著九張皺皺的鈔票，像是機器人似的走進圖書館。

櫃台沒人。

他心馬上涼了半截。那個電話裡的瘋女人耍他！他臉色蒼白，恨不得馬上去痛扁那個外星來的瘋女人。

輕輕的腳步聲在他身後響起，他轉過身，看到她……是夜兒。

感謝上天，她恢復原狀了……安閒的推著推車，細心的幫書歸架。依舊是溫柔安適的面容，那他看慣了，雖然不美卻是他最想看見的臉龐。

夜兒抬起眼，驚詫的手一鬆，書本嘩啦啦的掉在地上。她顫抖著嘴唇，上前兩步，卻猛然驚醒，轉身就要跑。

「妳跑？妳敢給我跑?!」預習了半天的演說全忘得乾乾淨淨，守軍怒吼的追上來，「最好妳跑得掉！笨女人!!妳最好丟了好人破天令就逃之夭夭！媽的，生眼睛沒見過妳這麼笨的女人～救人救到命要丟了！妳躲我？喂，我做了什麼讓妳躲我？說啊！妳給我說啊～」

好熟悉，又好懷念的大嗓門……夜兒緊貼著書架，滿肚子的話想說，她好想說，好想說……

「先生，這裡是圖書館，請你小聲點……」

「最好我是先生啦！」守軍粗魯的把她拉過來，開始檢查她的臉和手臂，「傷都好了沒？笨啊！真是笨！就不漂亮了，妳看看妳，看看妳！弄到破相了啊！」心痛無比的撫著她額頭的傷疤，「是哪個醫生縫的傷口？縫得活像蜈蚣！我非告他不可！」

「……守軍，小聲點……這裡是圖書館……」夜兒哽咽起來，嗚嗚的哭出聲音。

搞砸了！媽的笨蛋，真的搞砸了！守軍恨不得打自己幾拳。明明這麼想她，幹嘛出口沒好話？現在把她弄哭了……是怎麼辦啊？該怎麼辦啊？

他狠狠地捶了一下書架，一頭都是汗。

夜兒哭了一會兒，瞥了一眼滿頭是汗，懊惱到要吐血的守軍，她掏出手帕，沒有擦眼淚，卻遞給守軍。「……很熱吧？你、你先擦擦汗……」

守軍突然餒了氣。夜兒……夜兒從來沒真正生過他的氣。「夜兒，我一直在找妳。」

「我知道。」她掏出面紙，努力將眼淚嚥下。

「我對妳……」

「我也知道。」她低聲，肩膀微微顫抖。

「妳不知道啦！」這麼久的焦心和煩憂突然一起崩潰了，守軍突然哇哇大哭，「妳什麼都不知道啦！妳笨死了啦！就是妖怪嘛！有什麼了不起？看久了就沒感覺了啊！沒有妳我會死啦，我會死啦！」

「守軍你真是……」夜兒嗚咽出聲，「你真是孩子氣……」她再也掌不住，和他抱頭痛哭。

那天向晚，她帶守軍回家。夜兒媽雖然驚訝，還是笑笑的招呼守軍吃飯，吃過飯就藉口要去王叔叔家下棋，馬上溜了。

騙鬼。夜兒臉孔紅紅的，下什麼棋啊？老媽摸到象棋就只會打呵欠。

但是……也好。她默默的拿出珍藏已久的古舊畫軸，攤開給守軍看。「我說的，雖然是傳說，卻是真實的傳說。這要從聊齋的一則故事──『夜叉國』說起……」

她將她所知道的都說出來，守軍聽得很專注，卻沒說任何話。

等她將一切說出來以後，雖然有著深切的悲哀，卻也覺得輕鬆多了。

「……這些年，妳一定很辛苦。」守軍難得表情嚴肅的說，「以前我不知道，老是損妳。請讓我用下半生補償妳。」

這樣正經的守軍反而讓夜兒不安，她緩緩收著畫軸，眉間緊緊鎖著不捨和決心。「……謝謝。但是，我不想嫁人。當然……也不會有任何小孩。」她羞澀的笑了起來，只是眼角有淚光，「我愛的人也愛我，我就很滿足了……謝謝。你還有你的人生……」

「我不管啦！」守軍又恢復他的蠻橫，「不要小孩？可以啊。結婚又不一定要小孩。」

「……我不要離開玉里。」夜兒手心沁著汗。

「我搬來啊！」守軍很不在乎，「我是什麼工作都能做的。又離花蓮市沒多遠……通勤嘛。我會養活妳，讓妳過得舒舒服服的。」

「不成的，不成的……」夜兒不斷的搖著頭。

「喂，妳怎麼講不聽啊？」守軍發怒了，「就跟妳說沒妳我會死了，妳要看我死啊?!妳真的很龜毛欸！我說妳這傢伙……」

「……你一定沒追到女孩子過。」夜兒媽冷靜的看了好一會兒，無奈的出聲音。嘖，這個準女婿怎麼比他家笨老公還笨？真是一代不如一代喔……

守軍被說得面紅耳赤。拜託，只有對夜兒他才這麼……這麼……

「我是很想留你住下啦！」夜兒媽爽朗的拍拍他的肩膀，「但是我家有沒出嫁的閨女，傳出去多難聽？你先去老王家住一夜。放心啦，都追到這兒了，跑得了和尚跑不了廟。」

對於這個魄力十足的準丈母娘，守軍毫無辦法，只能唯唯諾諾的離開。

夜兒媽跟夜兒相對默默的坐著，好久都沒人說話。

夜兒媽把畫軸展開，「……我小時候的成績很好。反而我那不成材的弟弟念得很差。但是我只念到國小畢業，他卻一路念私立學校念到大學，妳知道為什麼嗎？」

夜兒抬起頭，有些詫異。母親是很少提到過去的。她輕輕的搖了搖頭。

「因為我是女孩子。」夜兒媽聳聳肩膀，「我愛念書，結果只能念到小學……畢業那天我哭得好傷心。但是我媽媽……妳外婆，很嚴肅的在我面前展開這副畫軸，告訴我這個代代女人流傳下來的祕密。從那天起，我就知道我和別人不一樣。我以我的外貌和血緣為傲。因為女人是完整的，所以才有辦法保持遠古驕傲勇戰的血緣，而男人不行。」

她充滿豪氣，自信的挺挺胸膛，「我是徐夜兒的子孫。我一點都不比男人差，甚至比他們更強、更好。別人或許覺得我長得不怎麼樣，只有我知道，我是美麗的好女人。只是我的美不是普通人看得到的。要真正高貴勇敢的人才看得到，我也不屑為庸俗的人美麗。」

夜兒怔怔的看著她宛如鐵塔般自信的母親。她堅強的信念讓她看起來……真的很美。

「後來，我遇到那個高貴勇敢的男人。」她笑得有絲少女的羞澀，「或許別人看他只覺得他庸懦，整天只會笑笑的。只有我知道，他不是庸懦，而是心胸寬大，不願意為了微利與人醜惡的爭鬥。真正事情發生時，他是最可靠的。」

她目光遙遠，唇間噙著一抹笑，「我也給他看過畫軸。他只是笑笑，說，『我很榮幸，榮幸可以娶到這樣不凡的妻子。』我對了，我是嫁給一個眼光不凡、高貴勇敢的男人。夜叉的血緣會不會傳下去我不知道，孩子的人生我也沒辦法參與。但是我知道……生下妳，是我們一生中最珍貴的禮物。」

夜兒感動得抱住母親，她從來沒有覺得母親是這樣的美麗。那是真正高貴的心。每一代半夜叉的女兒，都是這樣的吧……

她為自己的血緣驕傲，很驕傲。

我是……我是人類。但是我也是夜叉。我是驕傲高貴的夜叉。

＊　　＊　　＊

守軍是覺得有點頭昏腦脹。一覺醒來，突然什麼問題都沒了。夜兒甚至跟他討論萬一女兒長得像她怎麼辦。

「長得這樣是怎樣？」他張嘴了一會兒，突然不耐煩起來，「也會有我這樣的好男人來娶她的啦。我的女兒欸！一定是聰明伶俐可愛漂亮的啦！」

「長得像我就不太漂亮。」夜兒善意的提醒他。

「別侮辱我老婆喔！」守軍咆哮起來，「我老婆也是很漂亮的啊！」

看久了就很漂亮嘛，真是……

守軍留在玉里好幾天，又恢復他那大嗓門兼大男人的習性。這大概是永遠改不了的了。

一起在溪畔散步，守軍把那段電話奇遇說出來，夜兒聽了只是笑笑，卻不說什麼。

「她到底是誰啊？」守軍百思不得其解，「夜兒，不是我說妳，別跟奇怪的人來往啦！那女人鐵是火星來的……哎唷～」

守軍抱著腦袋蹲下來，一顆青澀的芭樂筆直的砸在他頭頂，馬上腫出一個大包。

「誰！是誰?!是誰暗算我?!」他氣得亂跳，四下張望卻看不到任何人影。

夜兒忍住笑，「……只是落果而已。來，我看看……」她摸了摸大腫包，將手帕弄溼，敷在上面，「好好好，別生氣……讓你枕在我大腿上好不好？好……乖乖，呼呼不痛……」

他們坐在溪畔，守軍還忿忿的抱怨，枕在夜兒柔軟的腿上，清風徐徐，他的抱怨慢慢停止，呼吸勻稱，漸漸的睡著了。

夜兒往後靠，正好靠在芭樂樹的樹幹上。

饒了他吧，別欺負他。夜兒在心裡輕輕的說。

哼！我看另一個半神人比較好，這一個又笨又孩子氣。枝枒沙沙，模糊中似乎有嬌俏的脆聲。

……沒辦法，我就喜歡這一個。頓了頓。妳若覺得那個比較好，又幹嘛告訴他我在哪？

啊呀，被妳知道了。枝枒嘩啦啦像是海浪，歡欣的笑起來。沒辦法，妳喜歡這一個呀！

這是一個夏末的午後。一個發生在都城，卻在秀姑巒溪畔結果的故事。

一個很平凡的，關於半夜叉的愛情故事。

蒼天見證了，清透的溪水見證了……酸甜的芳香，也見證了。

是的，一個很平凡的故事。也許也會發生在你身邊。

（全書完）

國家圖書館出版品預行編目資料

我是夜叉不是恐龍/蝴蝶Seba著.
- 二版. -- 新北市：雅書堂文化事業
有限公司, 2021.02
面； 公分. -- (蝴蝶館；33)
ISBN 978-986-302-565-8(平裝)

863.57 109019713

蝴蝶館 33

我是夜叉不是恐龍

作　　者／蝴蝶Seba
發 行 人／詹慶和
文字編輯／蔡毓玲
編　　輯／劉蕙寧・黃璟安・陳姿伶
封面設計／古依平
執行美編／陳麗娜
美術編輯／周盈汝・韓欣恬

出版者／雅書堂文化事業有限公司
郵政劃撥帳號／18225950
戶名／雅書堂文化事業有限公司
地址／新北市板橋區板新路206號3樓
電子信箱／elegant.books@msa.hinet.net
電話／（02）8952-4078
傳真／（02）8952-4084

2021年02月二版一刷　2009年10月初版　定價220元

經銷／易可數位行銷股份有限公司
地址／新北市新店區寶橋路235巷6弄3號5樓
電話／（02）8911-0825
傳真／（02）8911-0801

蝴蝶
Seba

蝴蝶
Seba

蝴蝶 Seba

蝴蝶

Seba